내 상처만큼만 사랑했더라

지은이 | 이찬우

발행일 | 초판 1쇄 2015년 8월 25일

발행처 | 멘토프레스

발행인 | 이경숙

교정 | 유인경

인쇄 · 제본 | 한영문화사

등록번호 | 201-12-80347 / 등록일 2006년 5월 2일

주소 | 서울시 중구 충무로 2가 49-30 태광빌딩 302호

전화 | (02)2272-0907   팩스 | (02)2272-0974

E-mail | mentorpress@daum.net

E-mail | memory777@naver.com

홈페이지 | www.mentorpress.co.kr

ISBN 978-89-93442-36-6 03800

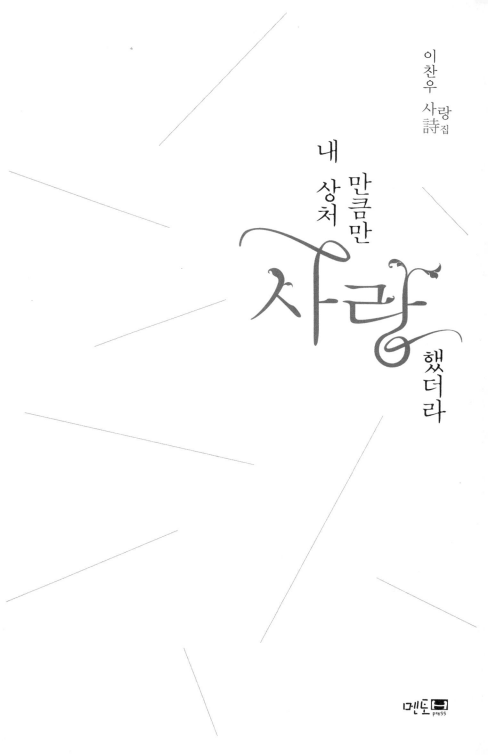

이찬우 사랑 詩집

내 상처 만큼만 사랑 했더라

멘토press

가끔 날 위해 울었다.

그럴 때마다 詩를 쓰고 싶었다.

일주일 내내 詩를 쓸 때도 있었다.

詩는 불온한 내게 해줄 수 있는 몇 가지 중에 나를 나로 있게
해주는 가장 유의미한 것이다.

매듭을 짓고 나를 견디게 해주는 詩는 내 등허리에 단단히 두
른 시퍼런 사슬을 천천히 애무하는 과정이겠으나 결과에 상
관없이 담배 한 개피 빼어물고 소주 한 잔 털어넣는 만큼의
기분을 가져왔다.

지난 일을 길어올려 나를 돌아보는 일이 집착을 불러와 망상
으로 가는 지름길이라도 휘휘친친 감기는 슬픈 친밀감으로부
터 나는 나일 수 있었다. 그러한 시간으로 내내 내가 다치더
라도 말이다.

막상 시집을 내려고 詩를 들여다보니 詩를 쓰는 것보다 많은
인내심이 필요했다. 내가 보고 있는 세상을, 꽤 다른 길을 걸
어온 누군가에게 보여줄 마음의 준비가 되었는지 묻지 않을
수 없었기 때문이다.

그러나 詩詩하지만 詩 팔아서 詩 판 놈이 되겠다고 고집을 부

리기로 했다. 그동안 SNS와 문자 등을 통해 소통했던 지인들의 많은 격려도 있었기에 가능한 고집이었다.

앞으로도 나는 詩를 통해서 사랑을 노래할 것이다. 진공관 같은 오감을 통해 전달될 순수한 세상과 사랑할 준비를 끊임없이 경주한다.

마뜩잖은 현실과 마주쳐 뒤돌아 괜한 땅 세게 걷어차고 허한 가슴 쓸어내릴 때 나의 가족이 있고 소주를 기울이며 어깨 내어주는 가슴 따뜻한 사람들이 있어 사랑을 얘기할 것이다.

이미 굳기 직전의 시멘트에 손도장을 찍어버린 화인 같은 운명인 것을 ……

덧붙여 한마디.

몸이 가렵다. 무엇보다 마음을 깨끗이 해야겠다. 정성으로 써준 벗들의 글을 보고 내 몸을 자꾸 닦아냈다. 나태해지고 힘들어질 때면 또 열어보고 몸을 닦아야겠다. 이 자리를 빌려 서평을 보내준 고마운 분들께 머리 숙여 감사드린다.

2015. 7. 4
이찬우

차례

봄은 오는데
사람은
멀어라

Part 001

너의 기억 12

봄밤 13

몸을 벗은 날개 16

꽃다지 18

라일락의 본능 20

냉이를 보다 21

봄을 잡는 나무 22

빗방울 23

벚꽃나무 아래서 24

바람둥이 25

봉오리 26

산보 28

봄바람 30

목련 31

할미꽃 32

나무가 봄바람에게 34

한여름 밤의 꿈 36

한여름 밤의 꿈 2 37

With 조각달 38

With 조각달 2 39

오래 오래
그리웁다

Part 003

고독의 위치 68
해질녘의 바람은 별을 쫓는다 69
나이테 70
추억이라는 말 71
도플갱어 72
아들에게 73
섬을 아는지 76
낙엽과 어머니 78
삼겹살 81
낮술 82
思母曲 84
비와 술 87
티끌의 무게 88
꽃향기 흩날릴 적에는 90
시지푸스 92
외로운 사람아 93
숲 94
날개 96
오십 즈음에 97
내게로 가는 길 98
손수레 102
그림자 105

Part 002

내 상처만큼만
사랑했더라

눈물밥 42
당신이 고프다 43
복수 44
발신자 표시제한 45
하루 46
당신별 48
당신이 생각날 때 50
봉선화 연정 52
환절기 54
선물 56
다음 생에도 58
가끔 햇살 좋은 날 60
그렇더이다 61
이기적이고 이기적인 62
비가 오면 64
둥지 65

영원히 꿈속에
있어라

 Part |004|

아침을 멈추다 108

고양이 109

시인의 눈빛 되어 110

고양이와 빛 112

밥 먹을래요 113

사랑을 위하여 114

수제비 116

보드라운 날개 117

웃음 118

꽃은 어디서 왔을까 120

초록 122

雨 123

별 배달 124

윤슬 126

술잔을 채우며(홈커밍데이 축시) 127

김장하는 날 130

그대로 그렇게 132

오후에 아침을 보는 견해 134

빨랫줄에 빤스 136

마음이 가렵다 137

꿈에서 138

뒷모습의 진실 140

그래도 간다 142

파도 143

나 오늘 길을 잃어도
괜찮을 것 같다

Part 006

가을아침 170

가을하늘 171

가을저녁 172

시월 174

갈대의 순정 175

편지 176

소국의 잠자리 179

코스모스 180

눈사람 181

가을의 본질 182

단풍 183

순댓국밥과 첫눈의 정의 184

나목과 빛 186

보름달 188

겨울은 직설적이다 189

눈 편지 190

당신과 가을의 사이 192

겨울나무 193

눈꽃 194

유혹 196

겨울산 197

남은 달력을 보며 198

Part 005

너의 존재를
깨달았다

자승자박 146

나무의 꿈 148

나무처럼 149

우화등선 150

소도 152

우리가 할 수 있는 한 가지 154

자화상 155

진눈깨비 156

개밥바라기 158

버림 159

가버린 친구에게 160

겨울비와 친구 164

눈 166

빈 배 167

벗들이
전하는 글

찬우는 詩다 200

Part 001

봄 은 1
오 는 데
사 람 은
멀 어 라

연 둣 빛 햇 살

구 름

너의 기억

●

연둣빛 햇살
그 고운 빛과
몽실몽실한 구름
그 솜사탕 구름을
낮에 삼켰더니
밤 공기마저
이렇게 달구나
어둠 내린 저 산 끝
푸름 위에 초승달이
가지런히 걸려
쌔근한 숨결 내쉬고 있으니
낮에 있었던 일은
하나하나 잘 달래어
돌아갈 곳으로
돌려보내고
느름한 밤에
이토록 아름다운 밤에
너의 기억
야금야금 뜯어먹다
사르르 잠들고 싶다

봄밤

●

염려스러웠지만 혹시나 하고는
빨리빨리 시간아 가라고
그러면 잊을 수 있을까 해서요

잠자고 있는 씨앗에
냉큼 생명을 넣어주는 봄비처럼
어쩜 하나도 덜지 않고 봄밤은
는실난실 당신을 데리고 오는지요

당신으로부터 멀어진 우리의 기억은
명자나무에 송이송이 꽃망울 맺히듯
나에게로 가까이와
우리의 기억으로 되살아납니다

하늘 그물에 걸린 새처럼
자유롭게 날갯짓 하는 당신의 기억은
몰래 꺼내기도 전에 호들갑이니
미움은 어디로 갔단 말입니까

실상은
당신의 허락없이 사랑하고 미워하고

공갈빵처럼 부푼 그리움을 안고 있으니
내 책임인 걸 알지만

가만히 있는 내게
삼박삼박 스미어들더니
폴랑폴랑 꽃 그림자 남기는
봄밤에 화를 낼 수가 없어요

아~
봄이 있는 밤은
미치지 않고 견디기에는
미치는 일인가봐요

아~
봄이 있는 밤은
푸르른 기억의 모리배일지도 몰라요

살랑이며 다가와서는
무덕무덕 토해놓고
돌아선 당신이니까요

너무 오래지 않아
한 모숨만큼이라도
내 생각에 달려올 당신

당신을 마중 나가는 내가
오롯이 기억나는
아름다운 봄밤이었으면

몸을 벗은 날개

●

매일 당신을 사랑합니다
포근한 바람에 안겨
하루도 생각나지 않은 날이 없는걸요

만남보다 기다림의 기쁨을
사무친 만큼 여미고 쌓아서
예쁜 그릇에 가지런히 담긴
맛갈진 김치를 보듯
이렇게 당신을 바라봅니다

하루 내내 그리고 여분의
꽃물 묻어나는 밤에는
참 외롭게 지킬 약속도
미련한 내 사랑도
당신 곁에서 잘도 설레입니다

영원히 사랑한다던 다짐을 생각하면
콧바람에 단내가 돌아요
각자였던 손을 하나로 잡았을 때
무조건 나보다 따뜻했던 손을
눈부처를 보고는

몸을 벗은 날개처럼 하얗게 웃던 미소를
나의 한마디에
나비 꿀 모으는 소리 듣는 듯 짓던 표정을
뒤돌아선 모습을
어깨 너머가 환하게 바라보던 시선을
하나도 잊을 수가 없어요

밤이 되니 바람도 자고
당신은 어느 꿈결에 밤을 채우고 있겠지요

세월은 흘러
넉넉하지 않은 등을 보이면
서로의 등을 껴안는
모든 포옹은 봄이려니
속 깊이 누리려면
봄밤이 아까운 내 사랑은
꿈에라도 잠겨 출렁일게요

꽃다지

●

봄볕에 볼이 발개진
바람이 부는 쪽으로
고개를 돌려다보다
따뜻함과 마주쳤다

양지바른 아파트 담벼락
오물오물 꽃다지가 손을 내밀어
시간과 악수를 한다

어린이날 종합선물세트를 받듯
얼른 다가가 쪼그려 앉아
꽃다발을 펼친 듯
햇살 앉을 방석인 듯
엄마젖을 빠는 아가마냥
대지에 바싹 붙어 줄기 없이 펼친
연두부 같은 잎을
만지지도 못하고 한참을 보았다

머릿속의 대뇌피질이
삐거덕거리며 흙먼지 날리고 있을 즈음
너는 보송한 털로

푸름을 잊지도 않고
하늘바라기 하고 있었구나

파란 하늘이
구름 한 점도 못 오게 하려고
그렇게 애써 얼굴을 닦더니
너 때문이었구나

다음에는 기척이라도 하렴
시간보다 빨리 달려
맨 처음 너를 만날 수 있게

라일락의 본능

●

봄만 되면
사랑에 빠지는 것이
습관인 게 분명하다
여린 속살 몸을 부비며
꽃잎에서 내는
그 향기 범상치가 않다
들숨과 날숨에
온통 묘약을 칠해놓으니
점잖은 편 허파도
그 지경엔 미풍에라도
들끓는 욕정을
당해낼 재간이 없다
사랑을
혹하고 집어넣고서는
모른 체하고 있는 라일락은
봄마다
열락을 꿈꾸는
바람둥이다
사랑을 머금고 싶은 자
라일락 앞에 모여라

냉이를 보다

●

하루가
맑고 시원한 국이다
눈이 시원하고
코가 깨끗하다
가슴에서
시냇물 소리가 들린다
물끄러미 고향이 보인다
아물기를 기다린 상처들에
새살이 돋기 시작했다

봄을 잡는 나무

●

한참을 서성이다
겨우 손을 내민다
오랜 추위를 참아
허공에 손을 뻗어
봄을 잡는 나무처럼
뻗은 손이 사실은
봄인 것을 모르는
나무처럼
가만히 손을 내민다

빗방울

●

지붕에 떨어진 빗방울을 주워서
주렴을 만들어야겠다
풀잎에 떨어진 빗방울을 꿰어
목걸이를 하면 좋겠다
서로 부딪히면 어떤 소리가 날까
바닥에 떨어진 빗방울을 모아다
항아리에 담아놓고
어두운 밤에 조금씩 꺼내어서 먹으면
내 몸도 빛을 내며 환해지면 좋겠다

벚꽃나무 아래서

●

짙푸른 하늘이 있고
무던히 봄볕 따뜻한 날
나는 아직 무사히 쓸쓸하고
넌 아직 여전히 무소식일 제
그리움이 사방으로 퍼지는
연분홍 아래서는
벗는 게 더 따뜻하리
머얼리 꽃바람에 실려온
너의 기별 눈꽃처럼 떨어지면
그리움은 눈물처럼 떨어지리
소리 없는 몸짓으로
예쁜 꽃잎 하나 툭
셔츠 속으로 파고들면
그 보드라움 어지럽게 간직하다
꽃물 가득 들겠네
혹여
목숨처럼 아름다운
너의 전부 누이려는 듯
고운 꽃잎 모두 지면
서러움에 주저앉아 눈물 흘리네

바람둥이

●

헐거워진 옷을 비집고
바람은 온몸을 감싼다
껴안으며 포개지며
구체적이고 실증적으로
기꺼이 안아주는
노출은
바람과의 통렬한 통정
시시각각 몸을 틀어
머리를 살랑살랑
얼굴은 보드랍게
옆구리는 야곰야곰
사타구니는 은근살짝
다리는 스르르
가슴은 꽃향기 분탕질로
즉각적인 애무
봄바람은
요요한 바람둥이

봉오리

●

비상을 위해 몸마저 움츠리고
바람을 가득 채운 날개처럼
극적으로 솟아오르는 꽃망울은
실팍하고 팽팽하고 날렵하여
겨울을 단번에 뚫고 지나온
화살의 힘마저 느껴진다

숙부드럽게 다가온 바람은
주변에 흩어져 반짝이고
감미로운 모종비와 연한 햇살도
가볍게 목례를 한다

때를 알고 때에 맞춰 나온
안에서부터 싹트는 생명의 충동은
바다와 하늘이 경계가 없다가
해가 살짝 들추어내듯
보는 사람마다 복받쳐 올라서
애가 단번에 끊기는
목숨이 나오는 것이다

응축되었기에 작을 뿐

동토와 칼바람을 헤치고 새겨졌을
숨겨도 들키고 말 숙명의 무늬는
야윈 우듬지에게 미안하지 않게
작지 않은 위로로 나오리

꽃잎들이 서로를 만지고 포옹하고
깍지를 풀듯 가만가만 숨을 쉬며
하나의 뿌리가 연 하늘을 맞으리

허공의 온도마저 따스하게 하고
심장을 깨끗이 씻어줄 향기는
치명적인 속살에 숨겼으나
아하~ 아득히 흘러나오니
내 잠시 눈감아주리라

산보

●

흠칫 돌아보니
겨울은 서슴대며 에움길로 돌아서는데
행선지가 봄인지 나는
물결치는 공기와 씨근덕거리는 산과
곰살맞은 햇살에
감정은 동화되지 못하고
감전이 되어 간신히 걷고 있다

짙었던 겨울에 부착되었던 나는
봄을 슬픔으로 시작하리
눈물로 보낼 봄을 어쩌지 못하여
촘촘하게 엮여 결국 둘이 될 봄과 하나 되어
영원할 양 섬기겠지

문턱에 와 있는 봄을 맞이하는 것은
무사하였으나 무참하게 버려진 겨울이
낯설어질 때쯤일까
몸 구석구석 겨울의 먼지를 털어야
지퍼를 열 듯 봄기운은 다가올까

곱지 않을

한 번도 본 적 없는 나의 뒷모습 뒤에서
곱게도 선명하게 해 지는 소리와
고요히 물이 깊어지는 배경은
겨울이라고 이름도 바꾸어 부르지 못할
계절로 밀어내고 있으니

발 아래
잡풀 옆의 돌멩이는
온기를 품으려 말없이 여린 볕을 잡으니
봄은 오는데
사람은 멀어라

봄바람

●

몰래 짝사랑하던
쌀쌀맞은 처녀같이
차갑지만 설레고
마주하면 수줍어하는
어깨보다 작은 우산 같은
보고 싶은 사람 같은 風

목련

●

서둘러 가지 끝으로 뛰쳐나가
터뜨려버린 마음으로

하얗게 불 밝히는
純一의 化身이여

바람의 분탕질에 하늘이 힘들어
구름 한 점 없을 때

구름처럼 피어오르다
구름처럼 몸을 열어

지체 높은 열정을
바람에라도 실어보내니

설레임은 깎여 허공을 긋다가
너겁의 그리움만 땅에 나부끼고

시들 시간도 없이 져버리니
표백은 내생에 다시 하리

할미 꽃

●

밤새 비바람과 노닐다
방울방울 꽃 진 자리 위로
향기 담은 꽃잎 바람에 날려
님 찾아 여행을 떠날 때

부르면 다가올까
손을 내밀면 잡아줄까
모두가 높이 자랑할 때
안으로만 깊어지는 그리움의 꽃

봄바람과 아지랑이
춤을 추며 놀던 자리
향기는 벌 나비에게 내어주고
잡초와 같이 그림자에 키를 맞춘다

초라한 무덤가는 어떠리
신작로 흙먼지 길은 또 어떠리
부끄러움에 얼굴 못 들어도
붉다가 붉다가 그대로 말라가도

하얗게 분칠하고 님 기다리다

세월은 흘러 허리가 굽어져도
들녘에 쪼그려 앉아 할미가 되어
하고픈 말 땅에다 묻네

나무가 봄바람에게

●

하이고
환장하겠다
꼭 그리 다잡아야 쓰겠는가
그러잖아도
동토가 품었던 겨울이야기 들어주느라
봄물이 뿌리부터 간질대서
천천히 좀 오라고 외발로 선 거 못 봤나
가지 끝에 조롱조롱 칭얼칭얼
아가 물방울들이
새싹 잎사귀 밀고 자빠져서
솜털 나오느라 웃음 참는데
힘들어 죽을 지경이다
봄바람아
니 그리
새색시마냥 살랑살랑 와선
훅하고 입김 불어대면
첫사랑처럼 화끈거려서
고웁게 나올 연두가
붉은 피 확 나오는 매화 봤지
그렇게 후딱 가버린다
그러니까

펄렁이는 가슴
성질 안 나게 톡톡 쳐라
춘정은 몽정이랑 비슷해서
몸이 간지러우면
허벅지 콱 꼬집어서 참아라
그러면
간이 배듯이
뜸이 들듯이
잠지 주위에 솜털이 나듯 하다가
화투패 풀리듯
처녀 옷고름 풀리듯이
연두부 같은 연두가
새초롬 봄처녀 젖꼭지마냥
나온다 말이다
알았지
단디 명심하거라
참
봄처녀는 데리고 왔냐

한여름 밤의 꿈

●

발가벗기 전에
이미 투명한
꿈인 양 부드러운
달을 맞는다

실이 공처럼 감기듯
둥글게 달을 휘감아
너인 양 품고 보듬어
꿈꾸듯 잠들고프다

구름이 달을 빗겨 품어
내 침대는 달에 물들어
나는 너를 깊게 들여
보름달처럼 환해지리

높아서 아름다운 달과
아름다워서 높은 너를
품어지고 감겨져서
덩그러니 잠들고 싶다

한여름 밤의 꿈 2

●

한낮의 열기가 식기 전에
날 들뜨게 했던 설레임이 달아날까
고백하지 않고 참아낸
그 많은 밤이 무너질까

당신 생각으로 밤을 지새우다
잠이 들면
당신은 내 곁에 있다가
돌아가신 거죠

내가 찾을 때마다
당신은 몰래 다가와
잠든 나를 물끄러미 보고는
홀연히 가신 거죠

알고 있어요
내 머리맡에 흘린 눈물
당신이라는 것을

With 조각달

●

아까는
조각달이 구름을
낑낑대며
밀면서 가더니
이제 보니
구름에 안겨
잠을 자네
손으로 휘이휘이 저어
구름을 밀쳐놓고
깨끗하게 닦아
별 옆에 올려놓았더니
피곤한지 금방
나뭇가지에 기대어
졸고 있구나
하늘에서
두레박 내려오면
별하고 놀다가
조각달 베개 삼아
잠이나 자야겠다

With 조각달 2

●

바라보면
보지 않는 듯
웅크리고 있다가
은근슬쩍 따라오고
홱 뒤돌아보면
부끄러워
실루엣 구름에 숨어서
윙크를 하네
아슴아슴 애정행각이
어여쁜 조각달
안개라도 펼쳐지면
성큼 가슴으로 들어와
고운 빛 뿌리며
아스라이 사위어가다
어느새 답답하다며
시나브로 빠져나와
결 고운 추억 되살리는
넌
고백 못한 첫사랑 같다

Part 002

내
상처만큼만
사랑
했더라 2

혼자 밥을 먹다가

당신 생각이 나서

말아 먹었습니다

눈물밥

●

혼자 밥을 먹다가
당신 생각이 나서
눈물로 밥을
말아 먹었습니다
당신 없이
못 먹을 것도 없지만
이 밥이
그 밥이 아닌 건
아이가 그림을 그리다
도화지 속에 들어가
그림이 되듯
당신의 밥이 되어
당신이 내 밥이 되어
찰지게 맛난
그 밥이 아니라서
눈물로 간을 맞춥니다

당신이 고프다

●

나를 고파하는
당신이 고프다
나를 위해
수줍게 옷을 벗는
당신이 고프다
한 줄의 詩를
점자로 읽어내리듯
당신을 아래위로
정성스레 더듬다가
팔과 다리
목숨처럼 감고
보이지 않는 물속에
돌멩이 하나 빠지듯
끝 모르게 스미어들어
흔들리지 않는
이정표이고 싶다

복수

●

찢겨진 상처 참아내며
피워올린 한 송이

지키려 다시 찢어
밀어올린 가시

아래위로
바라만 보다가

바람 부는 어느 날

가까이 흔들리다가
장미는 져버리고

아쉬워 아쉬워
그리워 그리워

떨어지지 않는 가시
바람만 찌르더라

발신자 표시제한

●

내 목소리만 듣고
끊어버린 지난번의
그 전화가 너였으리라
나의 퇴화된 예지력이
번개처럼 되살아났다
서툰 방식으로
나의 안부를 묻고
가슴 뜯어내며 앓고 있을
꼭 그만큼
너의 전화는
통증으로 울리리라
오지 않을 거라는 걸
알면서도
머리에서 지웠지만
화인처럼
가슴에 남아 있는
너의 전화번호의
또 다른 번호인
발신자 표시제한 번호를
나는 꼭 받아야 한다

하루

●

하루를 부여받는
아침에 눈을 떠
가장 먼저
당신을 기쁘게 할 일을 생각합니다
누구도 빼앗을 수 없는
나만의 사랑에 도취되어
그 누구의 사랑도 부러워하지 않았지만
당신은 누구나가
좋아할 만한 사람이었기에
어느덧 슬픔이 내게로 와
나만의 것이 되었습니다
많은 하루의 아침은
익숙해지지 않는 슬픔을
견디고 또 견뎌낸다지만
당신 때문에
뭔가 잘해 보고픈 마음이
얼마나 허무한 욕심이었는지
깨닫고 난 후의 심정은 어찌합니까
그러나
당신은 알아야 합니다
하루를 부여받는다는 것은

그래도

당신을 꿈꾸는

하루를 부여받는다는 것을

당신 별

●

당신 생각으로 하루를 보내며
하늘이 어둑해집니다
당신 생각이 날 때마다
별은 하나씩 나타나고
지금은 온통 당신별
바람이 들고
구름이 스치우고
달빛이 다정하니
별들의 고른 숨마다에
착한 당신의 온기 느낍니다
잊어보려도 했지만
다른 사람도 생각해보았지만
나 없이는 안 될 거 같은 당신
당신 없이는 안 될 거 같은 내가
저 하늘의 별이
가만히 보고 있는데
아찔한 허기를 느껴서
별처럼 보기로 했습니다
천천히 시간을 들여서
천천히 감정을 섞어서
떠오른 당신별입니다

밤하늘 별의 수는
내가 당신을 그리는 만큼입니다
내일도
오늘만큼의 별은 뜨겠지요
당신의 머리맡에도
별은 반짝이고 있겠지요

당신이 생각날 때

●

누구에게도
마음을 열고 말할 수 없을 때
당신이 생각납니다

혼자일 때에나
혼자일 수 없을 때에도 생각납니다
당신이 없는 현실을 부정하지만
부정의 조각들이 재조립되어 있는
나를 깨달을 때
양지바른 담벼락 귀퉁이에
잔설이 글썽이며 녹을 때
누군가 내 손을 잡고
어디론가 데려가기를 바랄 때에도
당신이 생각나고
눈 내리는 날이나
햇살 좋은 날
누군가 떠나고
누군가 다가올 때 생각납니다

노란 목도리보다 따뜻한
당신이라는 단어를 적으니

당신이 더욱 생각납니다

아
인간에게는
좌심방 우심방이 있다지만
나에게는 오직
당신방만이 있는가 봅니다
심장이 뛸 때마다
당신이 생각납니다

봉선화 연정

●

손가락 걸며 한 약속은
하염없어
하얗게 덮여지더이다

이것이 사랑인지
순간의 감정인지
가늠하면서부터입니다

처음 마음의 순정이
지켜지길 바라는 만큼
빈자리가 생기더이다

예쁜 당신이 좋았는데
서서히 변한다고
생각하게 되면서부터이지요

붉은 약속은
예쁘게 자라지만
새살은 돋아나더이다

지난 당신과 다른 부분이 보이면서

차츰 당신은 작아지고
손톱보다 작아지더이다

어찌 못하는 세월만큼
옅어지는 붉은 마음은
세월이 야속해
붉은 눈물 흘리더이다

결국 떠났으나
떼어내지 못한 붉은 마음
손가락 걸고 약속한 밀어보다
더운 피는 손가락에 흐르고 있지만

자르고 잘려
더 이상 붉지 않는 사랑은
떨어져나간 손톱만큼
작고 작아 보이지도 않더이다

환절기

●

사람을 귀찮게 하면 안 된대
그러면 그리워지는 거래
근데 요즘 네가 귀찮아졌어

너에게서 도망치려
내달려 간 곳에서
괜찮으냐고 묻는 네가 보여

인연이라는 것이 쉬운 게 아니라고
다 알고 있다는 듯 아무 말 없이
웃고 있던 너를 고요히 생각하다가

사람들이 헤어지는 게 어려워
같이 산다고 할 때 웃었는데
그렇게 되어가는 나를 무심히 보다가

너와 함께 있는 나는 뻔뻔해지고
나와 함께 있는 너는 쓸쓸해질까봐
걱정할 즈음에 놓아버린 너의 손

사랑하는 것보다 더 사랑받으려는 나를

사랑받는 것보다 더 사랑했던 너는
내가 알아챌까 가만히 웃고 있었지

나이를 먹어가며 깊어진 주름을
아무도 모르는 그 내력을 알고 있는
너를 끝끝내 먼 산처럼 보다가

너와의 교집합을 빼면
눈썹달만큼 작은 내가 남을 만큼의
너의 존재에 가슴이 서늘해지지만

그래
어쩔 수 없이 추워지는 삶이란 게 있어
그때는 귀찮은 너라도 있었으면 하지

계절이 바뀌면 마음이 약해지는 법
따뜻한 옷 한 벌 준비해야겠다
마음마저 시리지 않게 옷깃을 여미어야겠다

선물

●

그리고 한때는
시간이 갈수록
조금씩 지쳐가면서도
밥을 안 먹고
눈물로 하루를 지새우며
이마만큼 당신을 사랑하고 있다고
마음 추스르기도 했습니다

당신을 사랑하기 위해서
태어난 것은 아니지만
무언가를 위해 태어났으니
당신을 사랑하는 것이라면
어떤 고통도 감수하리라

빛나는 햇살이
슬픔의 화살로 바뀌어
온몸에 상처가 감옥을 만들고
그 안에서
사랑의 詩를 쓰더라도
당신은
내 마음 돌볼 리 없다는 것을

알면서도 그랬습니다

그러나
사랑하는 사람이 돌아서도
사랑은 내게 다가와서

지는 해의 더없는 애달픔과
시멘트 담벼락 사이의 틈들이 들려주는
옅은 노랫소리와
비나 눈으로 내려와서
가슴을 적셔주는 천사들의 눈물과
풀과 꽃으로 피어나서
세상을 예쁘게 색칠하는 햇살들과
하루 종일 서 있는 나무들의
작고 소담한 수고스러움에
위안 받으며 살 수 있음은

당신을 사랑한 연유입니다

다음 생에도

•

다음 생에도
당신만을 사랑합니다
하물며 처음 생인 지금은
자고 나면 하루만큼 더욱 커지는
그리움으로 세상은 가득합니다
돌아선 당신을 기다리는
나는
아무데도 가지 않고
기다리고 기다립니다
그래서 우린 멀리 있지 않고
당신이 돌아서면 볼 수 있는
가까운 거리에 있잖아요
더 가슴 떨리게 만나려고
잠시 이별이잖아요
내 생에 도사린 당신을 두고
어디를 가겠습니까
아무렇지 않은 척하지만
당신도 서러워하잖아요
오직 당신의 존재를 위해
이생의 문을 닫는다 해도
나는 시간을 당연히 이기고

다음 생에도
단번에 척 알아볼 수 있습니다
그렇고말고요

가끔 햇살 좋은 날

●

눈 내리듯
창가의 햇살이
보송하게
내려앉아 있습니다
비 내리듯
밤이 내리면
햇살은 서쪽으로 돌아가
당신처럼
행여
돌아오지 않을까봐
그 햇살 쥐어짜서
투명한 병에
담아놓았다가
당신인 양
하냥 들여다보겠습니다

그렇더이다

●

사랑하면 좋더이다
사랑하면 좋다가
이별하면
정처 없더이다
님은
가고 없더이다
나는
갈 곳 없더이다
사랑을 이루지 못해
사랑으로 남고
사랑을 하고 나면
이별만 남더이다
가지 말라고 가지 않고
오지 말라고 오지 않는
그런 사랑 없더이다
가라 해도 가지 않고
오라 해도 오지 않는
그런 것이
사랑이더이다

이 기 적 이 고 이 기 적 인

●

자세히 보지 말고
오래 보지도 말아야 했다
그러한들 보고 싶었던 것들만
예쁘장하게 어지럽혀진
기억의 편린들을 모아
모두 잊겠노라 했지만
별빛처럼 쏟아지는 그리움이
눈과 가슴에 선연하구나
너를 버리려 하나
너를 버리면 내게 남은 것은 없어
나를 삭여야
너를 잊을 수 있다
너를 안다고 하나
내가 알고 있는 너를 제외하면
빈털터리가 되고 마는
나는 부패하고 부패했다
너의 아픔과 상처까지 사랑했다는
나는 문드러졌다
썩어빠진 발목을 적신 그리움이
족쇄가 되어 나를 가둔다
다행이다

그만큼만 사랑해서
그만큼만 너를 묶어놔서
나는 많은 것을 받은 것 같으나
너는 아무 것도 주지 않았으나
나는 어느 것도 버릴 수 없어서
내 상처만큼만 사랑했더라
이기적이고 이기적인 사랑이더라

비가 오면

●

당신이 없는 날
비가 오면
더욱 생각납니다
누군가 곁에 없어서
누군가 옆에 있어도
당신이 없어서
공기는 희박하고
팽팽하게 직선을 그으며

비가 옵니다

둥지

●

잡으려 한다면
날 것이라는 것을
나는 몰랐습니다

내 품이 작아서
날아들지 않았음을
그때는 몰랐습니다

Part 003

오 래   **3**

오 래

그 리 웁 다

군중 속에 있다가

안개처럼

위로와

모호함으로

스며든다

고독의 위치

●

군중 속에 있다가
안개처럼
위로와 모호함으로 스며든다

돌아서면 보이는 듯하나
탈탈 털어도 안 보이고
뜬 눈으로는 어림없고
가끔은
술 한 잔으로 달래면
고개를 내민다는데

제 몸의 상처를
긴 세월
한파와 눈비에 노출시켜
외부의 공격으로부터
본질을 지키려는
살을 파고드는 옹이를 끌어안는
등 굽은 소나무처럼

늑골에 뿌리를 두고
등골에 뻗쳐 있다

해 질 녘 의 바 람 은 별 을 쫓 는 다

●

햇살을 등지려는
나목은
가지를 들어
먼 산에다
도시의 귀퉁이에다
한 폭의 수묵화를 그리려 한다
얼마를 헤매이다 지쳤는지
서성이던 바람이 서럽게
가슴을 파고든다
잠시
품에 머물다
온기 머금고
너처럼 떠나겠지만
보내는 나는
오래 오래 그리웁다
밤이 소복이 내리면
그 바람 쫓아가리
나목은 그리움을
별처럼 박아놓겠지
별 옆에
바람이 스치우리라

나이테

●

바람과 햇빛에
끊임없이 출렁이던
찬란한 지난날을 놓아버린 나목은
높은 성장을 멈추고
깊은 성찰을 한다
치열했던 몸피를 거두고
침묵의 심연으로 들어가
모든 걸 잃어도
전부보다 위대한
연륜의 나이테를 보듬는다
다시
푸르른 날을 꿈꾸는 나목은
떠나간 거리만큼
다시 돌아올 나뭇잎이
미안하지 않게
쏟아지는 햇살을
가만히 가지 사이로 놓아주며
나이테를 완성해간다

추억 이라는 말

●

돌이키고 싶은
그 자리를 맴도는
지나가지 않는 기억을 위해
손바닥을
동그라니 오므려
가슴에 대는 것
그리고
가슴 뻐근하게 아직

나를 아끼고 있다는 말

도플갱어

●

새벽녘
의정부역 주위의 선술집에
내가 앉은 자리 건너
내 나이 또래의
남자가
술잔을 놓고 울고 있었다
왜 우는지 궁금하지 않았다
그냥 알 거 같았다
울음을 목구멍으로 밀어넣다가
삭신이 떨리도록
참다가 나오는 눈물을 나는 안다
한참을 술잔을 보다가
눈물이 방울방울 떨어졌다

아들에게

●

젊은 날 사이에
밤으로 들어가는 틈이 있단다
한 젊은이가
심약한 마음 견디지 못하고
자주 찾는 그곳에는
책 몇 권과 술과 담배가 있었지
죽음과 사랑과 자책과 고독이 잘 버무려진
작은 등을 보여주기도 했고
조금 위태롭게 걷다가
밤의 위안에 안겨서
인생과 희망을 놓고 싶은
어두운 관념에 쌓이기도 했단다
눈에는 슬픔이 묻어 있어
불러서 술 한 잔 하고 싶은데
그 젊은이
삼십 년이 지났단다

아빠가 너였을 때
너보다 작은 꿈은 아니겠지만
네가 아빠 되면
아빠보다 큰 꿈이었다고 말하렴

밤으로 가는 틈은
아빠가 같이 갈 수 없어서
어떡하지

그러나 아들아
낮아지고 넘어져야지
도울 수 있지 않겠니
너무 높으면 아무도 너를
너조차도 도울 수가 없단다

사람은 언제나 곧게 갈 수 없단다
흐트러지고 삐뚤어지고
힘들면 쉬었다 가지
그곳이 젊음의 밤이라도 괜찮단다
태양이 하나밖에 없다고
그 누구의 머리만을 비추지 않듯이
너의 희망은 늘 너에게 있어서
밤으로부터 밝음으로
아빠처럼 나올 수 있단다

사람들은 같은 듯 다르게

각자가 특별한 존재이기에
자기만의 태양이 있다고 믿지 않니

너의 밤은
네가 아빠 나이가 되고
불러서 술 한 잔 하렴

섬을 아는지

●

바다가 얼마나 많은지
내 마음에 들어와봐
바다만큼 네가 있다

섬이 있어
바다가 외롭지 않은지 몰라도
그 바다에서
섬이 얼마나 외로운지
너는 모르지

자유를 원했으나
바다에 빠져 있는 섬은 고독해서
짠물을 얼마나 먹고 있는지
육지를 원했으나
바다에 빠져 있는 섬은 슬퍼서
바다를 얼마나 핥고 있는지
사랑하고 싶었으나
바다에 빠져 있는 섬은 헐떡이며
바다를 얼마나 바라보고 있는지

그리움이 어깨를 짓눌러

머리만 남은 섬을

그런 섬을
너는 모르지

낙엽과 어머니

●

작살처럼 꽂히던 햇살이
성긴 투망처럼 내려앉자
나무들은 불안해했다
마르고 있다
드디어 산통 드는 계곡은
옅은 황달을 앓다가
신열로 붉다
온 산이 데일 듯 열병에 들었다
연한 미풍에도 운명을 예감하며 수런수런하다

숨이 거칠어지는 어머니는
입이 건조하다고 했다
피부는 탄력이 없어지고
땀구멍에서는 땀이 잘 안 나왔다

외부로부터 내부를 보호하기 위해
가장 깊숙이 남은 수분을 제외하고
신열의 꼭지에서부터
과감한 결단을 내리고
낙엽으로부터 수분을 보호한다
마르고 있기에

마르지 말아야 할 몸피 내부의
불필요한 동요를 차단한다

어머니의 눈에는
습기가 차 있었다
마지막까지 세상과 소통하려는
외부기관 중 습기가 있어야 할 기관은
눈이기에 그럴 것이다
가장 깊숙이 욕망을 집어넣고
집요한 생의 미련을
담아둘 수 있는 곳이 눈이다

가을바람이라 다행이다
그리운 것을 맘껏
그리워하며 떠날 수 있는
가을바람이라 다행이다
낙엽의 뒷마무리는
땅에 닿기도 전에 동여매졌다

어머니의 눈이 마르기 전에
어머니의 후사는

서울 어디에 사는 처녀와
아버지의 중신으로 일단락되었다

붉은 낙엽이 지고 있다
머잖아 그들은
먼 북쪽에서 서러웁게
등짝 때리는 바람이 불어
차가운 시간이 되자
피를 토하며 득음을 한
명창의 열창을 흉내내었다

일제히
후사를 위해 진 낙엽을 위해
더 먼 북쪽에서 오는 눈을 맞으며
소복으로 갈아입을 것이다

삼겹살

●

맑은 물에 깨끗이 상추를 씻듯
하루를 씻어내야겠다

깨끗한 소반에 차곡차곡 겹쳐놓고
물 묻은 손으로
물기를 탁탁 털어서
붉은 핏기 가시지 않은 삼겹살을
지글지글 구워서
쌈장과 마늘을 얹어
한입 가득 우적우적 씹어야겠다

가난한 신전에
위대한 족보를 위한 합창교향곡이 울릴 것이니

몸의 신비는 마다않고 고개 들어
있는 힘껏 경배를 하노니
보이지 않는 몸속을
경전을 읽어 정화시키듯
삼겹살로 깨끗이 씻어야겠다

낮술

●

나만 안다
빨간색 빤스 입고 있다는 것
발꼬락양말 신고 있다는 것

지금 술은
내가 취하고 싶어서가 아니라
낮술은 낮에 먹는 거라서 먹는다

낮술을 먹어야
못 알아본 지애비가 있고
비틀거려야 온전한 세상이기에

낮술은
내 속의 많은 나를 불러내고
나는 그들을 알아보지만

낮술로
불러낸 많은 나는
나를 알아보지 못한다

나만 안다

잘디잘게 울음을 잘라
순댓국밥에 말아먹는 것을

나만 모른다
남들도 빨간 빤스 입고 발꼬락양말 신고
낮술 안 먹고도 반듯하게 산다는 걸

나만 모른다
낮술로 몰라본 지애비는
온전한 세상에는 없다는 걸

낮술은 안다
햇빛마저
낮술에 비틀댄다는 걸
내 詩마저
낮술에 비틀댄다는 걸

思母曲

●

햇김 같은 바삭한
마른 가슴에서
병아리 털빛만큼 보드라움
어찌 그리 품고 있었나요

비키라고 소리쳐도
바람은 늘 불던 속도로 불어
삼십 년 동안
그 온기 가뭇없이 사라졌어도

어머니 생각만 하면
와장창 세월을 무시하고
제자리에 옴짝도 못하고
노오란 개나리 바람으로 남는다

숨이 찰 때까지 달려가
죽엽산 나지막한 자락에서
잔기침하며 막내 찾는
어머니 마중 나가야겠는데

바람은 아니라고
제 방향 틀지 않고
삶의 허기나 메우라고
셔츠 속에서 .맴맴한다

애미 속에서 출발했으나
같은 곳으로 간다고
빨리 간다고 달라질 것 없다고
에움길로 오라고 소맷자락 잡는다

지아비의 눅진한 타박에도
볼우물에 보일락 말락
옅은 웃음소리가
어찌나 보살이었는지

어른거리는 모습에도
격렬한 그리움은
잔주름 무성한 눈가의 물이
삼십 년 지나 내게로 와 있으니

교태롭던 달빛이
깨진 유리처럼 박히지만
술 한 잔 없이도
휘영청 달보다 내가 더 취할 밖에

비와 술

●

다짐이라도 받을 듯한
적막의 시간 지나
숙련된 헹굼

그림자를 덜어내고
홀로 남기 위한
순일한 몸부림

한 번에 전부를 걸고
전부를 부어버린
질펀한 독작

티끌의 무게

●

52킬로의 무게라면
바람에 가볍게 들까불며
어디론가 갈 수 있을까

떠날 일도
누구를 기다릴 일도 없이
터미널에서 서성이며
두리번거려 보지만
두근두근 다가오는 이 없고
죽고 못 산다던
작별의 인사도 없이 간 사람
만나러 갈 곳도 없는 사람이여

덜컥 사랑에 빠지더라도
누구라도 그리운 사람이 있다면
어디론가 떠나고 싶다면
지나온 길 위의
가볍지만 고귀한 기억의
편린을 잊지 않기를 바라네

가까이 있지만

멀리 떠나야 보이는 것들을 위해
오래 보아야 보이는 것들을 위해
또한 옛날이 되어버릴 사랑을 위해
그리고 지나버릴 인연에게
내가 여기 있기에 떠날 수 있으며
스스로는 떠날 수 없음을
가슴에 새기며 떠나기를 바라네

당연하다는 듯
스치고 지나가는 인연으로 아프지만
그런 연유로 이렇게 살고 있지만
떠날 사람이 남고
남을 사람이 떠나는 시간은
인생처럼 이리도 애잔한 것을

흐린 날 저녁 창가에
고요히 알아서 피고
묻지도 않고 하르르 져버리는
한 송이 꽃 위의 가녀스러운 티끌도
나와 다르지 않으리니

꽃향기 흩날릴 적에는

●

열정이 지나간
여름날의 뒷전에야 안다
인생은 흔들리는 것이라는 걸

깊은 곳에다 묻어둔
뿌리를 품은 대지가
비가 오면 새순을 일으켜
세상에 인사를 시킬 적부터

접은 무릎 펴고
기지개 켜며
여린 꽃대를 밀어올려
세상에 인사를 시킬 적에

감싼 팔 벌려
새초롬한 얼굴
꽃잎 위에 올려
세상에 인사를 시킬 적에는

꽃대를 만들기 위한
뿌리의 노고를 모르고

꽃잎 만들기 위한
꽃대의 수고를 모르다가

흔들리며 인사를 한다는 건
흔들리지만
꿈적하지 않는 뿌리가 있어서
꺾이지 않는 꽃대가 있어서

흔들리며 꽃향기 날릴 적에
바람에 스치우는
흔들림을 잡고 있다는 걸

시지푸스

●

지는 해 서러워
긴 그림자 접고
어느 골목에서
밤새워 기도하는 이를 알고 있다
어둠을 선택하지 않았으나
어둠에 갇혀
어둠에 덮이지 못하고
어둠을 지키는
운명을 알고 있다
밤이면 어둠에 겨워
허리를 펴지 못하고
새벽이면 흐릿한 눈으로
세상을 등지는 형벌을 진
무던한 가로등 밑에서
허리를 말고
오랫동안 울어본 적이 있다

외로운 사람아

●

사람의 품에 안기어
뜨겁게 위로받고 싶다면
외로움에 절절매본
나이길
따스한 손에
외로움 잊고 싶다면
혼자임에 지쳐본
바로 나이길
가까이 있어라
마디가 긴 숨소리 들리면
언제든 달려갈 수 있게
난 너의 외로움 받아줄
더 큰 외로움 갖고 있으니

숲

●

눈을 버리고
귀를 열라고 합니다
보는 대로 보지 말고
듣는 대로 보라고 합니다
보는 대로 느끼지 말고
듣는 대로 느끼라고 합니다

수수하게 부는 바람에
마음의 빗장을 열고
옅은 숲의 향내에
마음의 귀를 열어봅니다

결이 늘고 상처가 아무는
숲의 정화 보이고
만져보는 거친 나무의 몸피에서
고독한 성찰이 보입니다
몸을 부비는 나뭇잎들의
처연한 노래가 들립니다
뜨는 해와 지는 해를
의연히 관조하는 모습이 보이고
지난 바람이 오는 바람에게

자리를 비켜주는 소리가 들립니다
꽃과 열매가 줄다리기하듯
성쇠를 달리하는 소리가 들립니다
높은 하늘을 향하다가
낮은 땅으로 스미어드는 소리가
고목에서 유물처럼 과거의 영화가
얽히고설키는 소리가
빛의 갈기가 키운 초록의 미래가 솟아오르는 소리가
눈망울 같은 이슬이 모여
어미의 젖줄 같은 대지로 돌아
생명이 부화되는 소리가
아이의 단꿈 같은 평안의 소리가
숨을 참고 몰아쉬는 잔설들의 작고 힘든 숨이
땅에서부터 내일의 후손을 키워낸
위대한 소리가 들립니다

눈을 감고 귀를 열면
대지가 씨앗을 품듯
숲이 감싸는 내가 보입니다
눈을 감으세요
당신을 따뜻이 감싸줄게요

날개

●

있는 줄 모르고 살지 않나
외면하며 사는 것에
능숙한 우리들

늦게 일어난 이부자리에서
누군가의 체온을 느끼고 싶을 때
냉혹한 기온 속에
나의 숨이 교차되며
뿌욱뿌욱 입김이 생길 때
현실과 타협할 때
간혹 울며 떼쓰면
원하는 게 될 거 같을 때

가슴을 여미고 있는
단추 하나 끌러보자
몸보다 몇 배나 큰 날개
결 곱게 있지 않나
푸드득 푸드득
가슴에서 꺼내어 펼쳐보자
깃털 날리며
저 하늘 열어보자

오십 즈음에

●

복잡한 마음
간결하게 마음먹기
딱딱하면
쿠션 받치기
맑게 닦지 않고
그냥
더럽히지 않기
남은 생을 향해
절대로
숨소리 낮추지 않기
조금 더 자유롭기 위해
조금 더 오래가기 위해
조금 더 사랑하기 위해
내가 있는 자리에서
네가 있는 자리까지
그 정도 거리 인정하기
시린 손
두 손으로 꼬오옥 잡아주기
가끔
높은 산 바위처럼
묵묵히 생을 바라보기

내게로 가는 길

●

이미 용서했더라도 용서를 바라네

버석버석 슴슴한 언 무 같은
구멍이 수도 없이 난
한숨도 제대로 못 쉬는 가슴으로

꼭 닿아야 하는 것은
왜 저토록 멀리 있어야 하는지
원망하며 길을 나섰네

앞에 놓고도 그리워할
말간 애틋함을 기대했었지

온 힘을 다해
험하게 지나친 그 언덕 밑에
낮고 무거운 노래를 흘려보냈네

저기 어디쯤 미리 셈해둔 곳
한참이나 밑에
허한 바람이 맴도는 곳에 있으리라 생각 못 했네
시퍼런 외로움에 질려

말을 잃고 입을 조금 벌린 허전함일까

모두가 꿈이었다 말하고
물러서는 봄 같은 것일까

이마에 걸린 질곡에 묻어난
땀방울 같은 것일까

거의 가까이 왔지만
아무 것도 오지 않은
진정으로 일어났지만
아무런 일도 없다는 듯 존재하는 가벼움이라니

빌어먹을
밥을 먹듯 보고 싶었는데
골고루 헤아리고 살피지도 못할 수 있단 말인가

친절하고 예쁘기를 바랐는지
살똥스럽기를 예상했는지
무슨 상관이겠는가

너를 찾는다는 것은
반드시 너를 기다린 것은 아니고
너에게 갔던 나를 찾으려는 마음인데

나의 자리가 어디에 있어야 할지 몰라
어설프게 있을 때
너를 생각하면 되겠지

무심히 들어선 어떤 길에서도
돌아누운 어깨를 보더라도
뒷걸음질치지 않아도 되겠네

그리고
그 결핍이 나를 이끌어
다시 시작되는 날에 나는 말하겠네

사랑하기에 용서하지만
오랫동안 아팠어라

나를 찾아가는 길은

고통을 참아왔던 지난날들의 고백을
또 만드는 일인 것을
또 가슴을 쓸어내리는 일인 것을

손수레

●

꽃향기를 담고 있는 것은 꽃바구니다
꽃바구니의 손잡이는 위에 있을 필요는 없다
손잡이를 뼈로 만들지 말라는 법도 없다

걸쇠 모양의 묵직한 손잡이는
여차하면 복부의 도움을 받게 되는데
실은 복부 속에 들어가 거대한 뼈의 형태로
아버지의 일부가 되어간다

흡수하지 못하면
물들지도 않는다

스스로 들어와 박히진 않았지만
일상에 함몰되지 않겠다는 듯
단거리 육상선수의 결연한 모습은
자체로 동일체의 실현이다

제 몸보다 더 먼 그림자를 만들며
언덕을 오를 때면
힘이 빠진 고무바퀴에는
꽃향기의 힘이 필요해진다

잔뼈를 덧댄 듯 테두리의 철근은
나무판자를 견고히 고정했으나
아가리 밖으로 튀어나온 짐들은
꽃보다 예쁜 손들의 차지다

앞에서 끄는 아버지의 등은
돌멩이를 닮은 꽃씨처럼
동그랗고 단단해서
비바람도 추위도 헤쳐나갔다

잘 익은 볏단의 단내에서도
무와 배추에서도
소멸의 경계를 넘어서는 향기는
집에 도착할 때쯤 꽃을 증명한다

질량보존의 법칙을 우선하는
꽃향기보존의 법칙은
언덕이거나 눈비에도 예외없이
사람과 사람의 필요조건을 요구한다

꽃이 실려 있지 않은데

꽃향기를 내던 손수레가
시간으로 존재하던 추억이다가
시간으로 망각되고 있다

아름다운 꽃을 밝혀주던 빛
그 빛으로 꽃이 바래지더라도
손수레의 꽃은
영원히 향기를 날리고 있건만

별자리는 어지럽게 돌아도 언제나 같은 자리를
새들은 몇 세대를 지나도 여전한데
중력을 극복하고 꽃향기를 날리던
아버지의 손수레는 없다

아버지의 일부였다가
꽃향기를 담을 수 있을 만큼의
손잡이였다가 뼈마디였던 손잡이 손수레가
언덕을 오르는 환영이 보인다

그림자

●

살다보니
떨쳐내고 훌훌
자유롭고 싶었습니다
귀찮기도 했습니다
밝을 때
들여다보라고
나를 찾으라고
끊임없이 채근하다가
칠흑 같은 어둠에서야
나와 함께하는
단 하나

Part 004

영원히
꿈속에
있어라

4

아침을 길어 올리는

신선한 바람들로

숨소리조차

조심스러워집니다

아침을 멈추다

●

꽃대를 세운
의연한 자태의
가냘픈 식물들이

손상받지 않은
아침햇살을
안개 틈으로
하나하나 받아들이면

잎새에 이슬방울
곱살하게 서성이다
초록의 눈물로
반짝이며 떨어집니다

애써 외면하려 해도
고스란히 스며드는 대지에
가만히 귀 기울이면

아침을 길어올리는
신선한 바람들로
숨소리조차 조심스러워집니다

고양이

●

따땃한 양지에 배 깔고
고운 햇살 이불 삼아
꿈같은 잠에서
꿈을 꾸다가
길을 잃어
영원히
꿈속에
있어라

시인의 눈빛 되어

●

잎새를 바라보는 당신을
알고 있습니다
당신이 볼 때마다
빨간 손 흔드는
단풍나무 보며
시를 쓰고 있군요
하필이면 창문가 앞
커피잔에서 오르는 향 따라
몇 개 남은 이파리 힘겹군요
그 담벼락의 단풍나무
당신의 눈길
참 많이 기다렸습니다
바람도 위로하며 천천히 불었고
햇살도 아낌없이 영양분 나르며
대지도 당신 때문에
온 힘 들여 물을 길었다지요
초저녁 달빛과
푸르스름한 새벽녘에도
어데 먼길 떠난 님 마중하듯
고웁게 기다렸답니다
아기피부 같은 새싹부터

성하의 미친 뙤약볕도
까칠해진 바람도
익숙해질 만한데
이제 됐습니다
당신의 가을 닮은 눈길에
아름다운 시가 되었습니다
꽃인 양 붉어
수줍게 웃는 나뭇잎은
차곡차곡 쌓아온 날들을 모아서
이제는
그리움에 지쳐 각혈하며
먼저 간 이들에게
당신의 눈빛 전할 수 있어서
시인이 된
당신의 눈빛이 있어서
결 고이 간다고 합니다

고양이와 빛

●

지상에 버려진
가련한 것들을 주워담아
따스하게 보듬으려
햇살은 내리고
눈 아래 바로 아래
턱 괴고 몸 돌려
고운 빛 이기지 못해
오수를 즐긴다
후미진 아스팔트에
온기 스미어들어
먼지만큼의 평화로
나름 위엄 있는
호피무늬에 윤기 흘리며
먼 친척 맹수의 전설 길러낸다
태초에
짐승으로 어깨동무했을
사람의 새끼 유치원 학원차의 경적소리에
화들짝 머문 자리 비운다
다행이다
외로워 말라고
따스한 빛 쫓아간다

밥 먹을래요

●

외로워서 그러는데요
밥 먹을래요
배부르면 괜찮으니까요
그냥 먼저 먹기도 해요
외로움 오지 못하게
그래도 밥 먹자 하면
안 먹은 척 나가서
밥에 술 한 잔 해요
나이 먹으면
혼자 먹는 법도 배워야 한데요
강물 같은 그리움 안고
우아하게 살라고요
그런데 외로운 건 싫어서요
외롭다는 건
주인공이 되고 싶은 거잖아요
내가 주인공 시켜줄게요
그래서 하는 말인데요
밥 먹을래요
다 먹자고 하는 짓인데
같이 먹어요

사랑을 위하여

●

당신을 모른 채
지나칠 수도 있었습니다

아 그런데
외로움이
또 다른 외로움을 만나
침묵이
또 다른 침묵을 만나 깨어지듯이
알면서도 잊고 살았던
당신 아니면 영영 모르고 살았을
사랑을 위해
잠시 멈추어주었던 당신으로 인해
나 사랑을 합니다

기쁠 때 뒤로 물러나고
기쁨이 사라지면 나타나서
아픔을 같이한 당신 때문에
당신을 사랑할 때
먼저 아픔에 입을 맞추고
기쁨이 올 때까지 같이하겠습니다
나에게 남은 유일한 의미로

사랑을 시작했다는 사실에 행복하고
당신으로 깨달은 사랑의 기쁨을
모두 당신에게 드립니다

늦었지만 늦었지만
내게 남아 있는 당신
사랑합니다

수제비

●

얇게 저미어져
멸치육수에 수제비 던져지듯
함박눈이 중랑천에 들어간다
행여 철렁 할까봐
육각의 날개 펼쳐
솜털처럼 스미어든다
뭉텅뭉텅 수제비가
얼마나 부풀려져야
맛있게 먹을 수 있을까
중랑천을
아래로 아래로
따라 내려가
아래에 아래에
사는 사람들에게
국자와 그릇을 주어야겠다
따뜻할 때 먹으라고
따뜻한 수제비 먹고
가슴으로 온몸으로
다정하게 퍼지는 수제비처럼
따뜻하게 살라고

보드라운 날개

●

내리는 빗줄기 사이로
언뜻 작은 새가 날아갑니다
힘없는 날개로
저 멀리 갈 수 없다는 것을 모르는
어린 새가
비를 맞으며 날고 있는 것은 아닐까
걱정이 되었습니다
무거워진 날개가
비와 함께
천천히 내려오다
나의 품에 떨어졌으면
그 날개 포근히 감싸고 있다가
맑은 하늘에
어린 새가 날 수 있도록
햇살이 비켜가지 못하도록
보드라운 날개에 힘이 생기도록
내 품이 포근했으면
내 마음이
누군가에게 따스했으면

웃음

●

환하게 웃으면
환하게 기쁨이 들어와서
슬픔이 숨을 데가 없어서 나가고
활짝 웃으면
활짝 기쁨이 들어와서
활활 불타서 슬픔이 나간다
쌩긋 웃으면
쌩긋하며 기쁨이 들어와서
쌩하고 슬픔이 나가고
빙긋 웃으면
빙빙 돌다 슬픔이 나간다
싱글벙글 웃으면
싱겁게 벙쪄서 슬픔이 나가고
씨익 웃으면
씨~ 하면서 슬픔이 나간다
하하 웃으면
하찮아서 나간다
호호 웃으면
호탕하게 나가고
껄껄 웃으면
껄끄러워 나가고

깔깔 웃으면
깔끔하게 나가고
허허 웃으면
허접하게 나가고
방실방실 웃으면
방정맞게 슬픔이 나간다

웃자
웃으면
기쁨은 들어오고
슬픔은
웃지 못해 나간다

꽃은 어디서 왔을까

●

어디서 왔냐고
물어보려 다가가니
부끄러운 듯 잘래잘래

바람은 들러리였다고
별님에게 물어보라 들은 체 만 체

별님은 별일 아니라고
달님에게 물어보라 소곤소곤

달님은 은은함만 주었으니
밤에게 물어보라 씽긋
밤은 고요함만 주었으니
해님에게 물어보라 고요
해님은 빛만 주었으니
낮에게 물어보라 방긋

낮은 화려함만 주었으니
땅에게 물어보라 하고
땅은 품어만 주었으니
비님에게 물어보라 하고

비님은 물만 주었다고

꽃이
봉오리를 열며 말합니다

피우기 전에
어떤 준비도 부족했다고
세상에 없는 봄빛 같은
당신의 고운 눈빛에 피었다고

초록

●

가슴을 열고
재채기를 하면
초록이 쏟아지겠지
초록초록 심장이 뛰는
가까운 쪽이 가려워 긁으면
초록물
초록초록 나오겠지
하필이면
꽃보다 향기로운
그대 향이 담겨 있어
유난히 그리운 그대가
보고 싶은 토요일 같은
기별 없이 그대가 돌아와
등뒤에서 환히 웃는 것 같은
그대와 따뜻한 창 안에서
하얀 눈을 바라보며
홀짝홀짝 마시는 커피 같은

상냥한
어느 삶의 모퉁이 같은 색

雨

●

억지로 안 되는 거구나
참는다고 참아지지 않는 거구나

바람이 서두르자
해가 자리를 비켜주고
커다란 울음보자기에서
아~ 뚝뚝 우는구나

생각하기도 전에
말을 내뱉을 새도 없이
운다는 것은
혼자 우는 것이구나

어두운 목구멍과
좁은 고막을 이기고
허공마저 휘감으며
운다는 건

온몸으로 우는 거구나
아~ 펑펑 우는 거구나
마음이 깨끗해지는 거구나

별 배 달

●

가끔 심란한 밤이면
별을 가득 담은 욕조에
머리까지 푹 잠그고
숨을 꾹 참으면 괜찮아져요

커다란 대패로
달을 조심스럽게 깎으면
예쁜 별들이 팝콘처럼 나오지요

새살 덜 돋은 달에게 미안하지만
어떨 때는 눈썹만큼 남겨놓고
욕조에 잔뜩 별을 담을 때는
마음이 많이 아플 때인 걸요

오늘도 별 한 가마니 퍼갈게요

시간과 바람이 일러주는 대로
적고 귀 기울이며
사람으로서 보여지는 것에
소중함을 느끼고
영혼이 일으키는 대로

욱신거리는 상처들의 자리를 꽃으로 피워내는
아름다운 당신에게
별 선물 드릴려고요
오늘밤은 별 배달로 바쁘겠네요

윤슬

●

초롱초롱
모이다 흩어지고
부딪혔다 굽이치는
아름다운 빛이여

조롱조롱
받들다 내려놓고
솟아났다 가라앉는
빛보라의 둥지여

조근조근
곱다라니 피었다가
찬란하게 섞여지는
반짝이는 삶이여

술잔을 채우며 (홈커밍데이 축시)

●

시작이
늘 기쁨일 때
투명한 빛을 내며 반짝이던
자네를 기억한다네

꿈같은
봄날의 푸름으로
순수조차 투과시킨 순수했던
자네를 기억한다네

나무가 계절 따라
옷을 갈아입듯
가을날의 자네도
어색하지 않게 변했구려

왜 모르겠나
짧았던 밤처럼 세월은 흘러
새벽이 온다는 것으로
위로가 되지 않는다는 걸

이따금

텅 빈 지갑을 보는 결락감도 있었겠지

극심한 감기로
약기운이 남은 나른함도 있었겠지

바람도 잠시 쉬어갈
그윽한 품안이던 적도 있었겠지

희망이라는 말로
하루를 삼십 년처럼
삼십 년을 하루처럼
엎어져 부대끼고 가쁜 숨 쉬었겠지

알고 있다네
흔들리기 때문에
뿌리가 깊어지는 내력을

알고 있지 않은가
뿌리가 있어
흔들려도 돌아오는 내력을

먼길 오느라 수고했네
소슬함 친친 감고
손 한번 잡아보세
뜨거운 가슴 안아보세

여름이 비켜선 자리

눈부신 하늘 밑
꽃물 같은 들녘에
소담한 뜨락이 있어

신선한 바람이
의자 하나 내어주니
잠시 쉬었다 가세

발뒤꿈치에라도
술 한 잔 따르니

오늘은 사양 말고
유서 깊은 추억이라
생각하시게

김장하는 날

●

새새틈틈 혹여 빠트릴라
뒤집어 바르고 들추어 바르고
한겨울 밥상머리 귀한 몸이니
어찌 소홀하게 넘어갈까
절인 배추 가득한 빨간 다라이 옆
석유곤로의 수육 익는 된장냄새에
동네아줌마 수다가 더욱 바빠지고
하나둘 모이는 아저씨들
노란 배춧속 톡 잘라
짭조름한 양념에 수육 얹어
막걸리 한 사발 입안에 넣으면
양볼 터질 만큼 행복이 넘쳐났다
낮은 담장 뒤로 해가 넘어갈 즈음
아주머니 키 높은 소리도
같이 뭉글뭉글 넘어가고
산더미 같던 배추가 독에 들어가
땅속에 묻히면
어머니의 걱정도 사위어가고
어릴 적 수다를 버무리고
행복을 버무리던 김장 때문에
그 겨울은 그렇게 깊었나보다

눈이 오고 싶어서 안달복달하던
하염없이 흩날리는 겨울비도
왠지 연두부처럼 부들부들 정겨웠던
그 김장김치 하던 날
단풍보다 빨간 다라이에
단풍보다 빨간 양념을
단풍보다 빨간 고무장갑 끼고
단풍보다 빨간 추위를 이기느라
단풍보다 빨간 양볼에
행복 가득 넘치던
행복을 담던 김장김치

그대로 그렇게

●

곤충의 날개 부스럭거리는 소리를 들으려면
속살거리는 입술을 봅니다
한낮에 내린 비에 씻긴 바람의 냄새를 맡으려면
그 바람에 찰랑이는 머릿결을 봅니다
잔잔한 호수 위에 바람이 내리꽂히는 모습을 보려면
자란자란한 눈동자를 봅니다

바끄럽게 웃는 얼굴에서
봄의 나무들이 새순을 키우고
상냥한 숨결이
새의 날개를 지탱해주는 공기가 되고
환한 미소에
햇살을 가득 담은 아침의 창이 열리니

오 아름다운 사람이여

많은 사랑을 하고도
온 맘을 다해 사랑하는 이여
한 번도 사랑을 못 이루었으나
사랑없이 하루도 못 사는 이여
몹시 슬픈 날에도

나무와 날짐승과 하늘과 구름과
빛나는 날에도
산과 시냇물과 밤과 별을 위해
흔들리고 안아주는 이여

예쁘게 채색될 팔레트의 물감처럼
향기를 퍼트릴 꽃송이처럼
흐린 날에도 높게 빛나는 태양처럼

오 아름다운 사람이여

사랑한다 고백 못 해도
그대로 그렇게 사랑입니다

오후에 아침을 보는 견해

●

아침은
아침에나 올 것이기에
막 몸피를 통과해 여과된 듯한
저 햇살의 상냥함을
아침에 기대할 수는 없다

아침은
더러워지지 않은 햇살과
소리없는 안개로
주책없이 정갈할 것이나
아침이 수월하도록
지금부터 바랄 필요는 없다

아침은
젖을 물고 자던 아가의 평화는
어미의 바쁜 몸놀림에 깨질 것이며
모닥불의 불티가
바람을 타고 하늘에 오르듯
끊임없는 욕망이 아른거릴 것이다

아침은

굳은 몸을 활처럼 휘어 기지개를 켜는
긴 꼬랑지를 치켜세워
조심히 눈 위를 걷는
누군가 지켜봐주길 바라면서
들키면 괜히 물러서는 고양이 닮았다

아침은
삶을 위해 둥지를 떠나는 시간이
아름답지 않을 수 있으나
사랑스러운 것을 지켜내기 위해
전쟁을 마다않는 생활의 시작을
아름답다 하지 않을 수도 없다

아침을 떠날 아침엔
알싸한 아침공기를 마시고
아침을 떠난 오후엔
친절한 오후의 햇살을 즐기고
아침 생각은 아침에 해야겠다

빨랫줄에 빤스

●

달빛도 없는 밤에
처량하게 빨랫줄에
빛이 빠져버린
너풀대던 빤스

살랑이는 봄바람 타고
뽕브라의 요분질에
바장이는 빤스가
중심도 훤하다

마음이 가렵다

●

당신을 덜어내지 못한
마음을
조금 긁어내면
추억이 되고
많이 긁으면
후회가 된다
술을 먹고 긁으면
눈물이 되더라

꿈에서

●

어서 자라는
엄마 말씀에
몰래 귀만 열어놓고

잠든 척하다가
카시미론 이불솜 같은
꿈으로 들어갔네

엄마가 떠준
바람 송송 들어오는
노란 벙어리장갑
호호 불며 집에 들어가면
가슴을 벌려
오랫동안 내어준 체온

아궁이의 시뻘건 잔불
옮겨 담은 화로에
지글지글 된장찌개 같은
찰진 구운 고구마 같은
엄마 품에서 곤히 잠들던
꿈같은 이야기

그 꿈 하도 달아서
엄마에게 말하려고
꿈밖으로 나오니
허방 딛는 시린 바람만이
이불에 남아 있고
엄마는 나를 찾아
꿈속으로 가셨네

뒷모습의 진실

●

뒷모습이 아름다운 사람이
진정 아름답다는
오래된 진실을 믿는다

가차없이 마음이 가슴을 울리고
가슴은 온몸 수억 개의 세포에게
순식간에 같은 슬픔을 전하는 것을 눈물이라 치면
언어로는 도달할 수 없는
생각보다 더 먼 그리움에
풍향계가 바람의 방향으로 돌듯
마음에서 가슴으로
엽록소가 나뭇잎 채색하듯
가슴에서 온몸을 적시는
순수한 눈물을 몹시도 사랑한다

어딘지 부족하고 어눌하며
실수를 하고는 즉흥적으로 변명을 못 해
얼굴 붉히는 소심쟁이가
인연을 소중히 여겨 오래된 친구에게
소박한 편견을 갖고 있는 편파주의자가
생소한 것에서 얻는 환호보다

낡고 오래된 것에 애착을 느끼는 고집쟁이가
기다리는 것들을 놓아버릴 때
보여지는 진실이 작고 보잘것없어도
가슴으로 받아들이는 긍정쟁이가
남보다 먼저 울고
울고 있는 이의 눈물 닦아주고는
마지막까지 울어주는 이가
순수한 눈물의 주인이라는 것을 나는 인정한다

정녕 힘들고 외로울 때
울고 있는 이를 위로하고
뒤돌아서 손끝으로 눈물을 닦고 있는
뒷모습이 아름다운 사람이
진정 아름답다는
오래된 진실을 나는 믿는다

그래도 간다

●

나 싸나히지만
내 속내 보여도 흉 되지 않을 사람
그런 사람 생각하다
컥 하고 숨이 막혔다
어디쯤 걷고 있는지 어디에쯤 밀려왔는지
생각지도 못하고 살았다
밑줄 쫙 그은 것 하나 없는 오십 년이라
부끄러움 쫓아오지만
잘 삭인 품성도 못 되지만
남은 날 어둠이 그림자 끌어당겨도
밤처럼 어둡지 않겠다
때때로 인생이 멀고 험하게 느껴져도
겨울이 가장 긴 계절이라도
조 ~ 또 봄은 오고야 말 것을
세상 끝날 징조 보여도
가슴에 야수 몇 마리 고개 내미는
나 싸나히라서
오늘도 매운바람 헤치고 간다

파도

●

턱없이 작은 바다는

하늘을 받아내기 겨워서

혼신을 다해 앓고 있다

Part 005

너 의   5

존 재 를

깨 달 았 다

아서라

앞섰다고 선명하지 않으리

뒤라 해서 배경만은 아니리

땅을 떨쳐내고

날개 펼치리

자승자박

●

동쪽부터
세상을 잠그려
붉은 비단 늘어트리고
북서쪽으로 흐르다
도봉산 인수봉에
구름떼 쉬어간다
당신이 보았을 방향에서
서푼 뒤쪽에서도
새들의 부리는
제 그림자를 물고
산자락의 보금자리로 들어갔을 터
격렬히 몸을 틀던 바람도
산들하게 사위어가고
어둠 뒤에 올 침잠을 알고
초목은 대지를 움켜쥔다
과묵해서 얼룩지지 않는 밤은
당신의 모습을 알려주지 않고
달빛도 그만하라 낮빛도 없다
캄캄하다면 별빛이라도
친구 삼아야 이 밤을 건널 텐데
구름의 심술로 오늘은 틀렸다

당신과 함께할 밤을
저 혼자 지새우는 밤이 서러워
시퍼렇게 등허리를 접는다

나무의 꿈

●

얼마나 꿈을 꾸었을까
하늘로 하늘로 오르다
독하게 떨쳐버리고
날개를 땅에 묻었다
여한이야 없겠냐마는
새들의 날개를 위로하며
보금자리 내어준다
끝없는 하늘의 기별 전해달라고
열매까지 내어준다
땅속에서 어루만지는
위대한 하늘에서의 꿈을
끝끝내 버리지 못해
물을 긷는 꿈꾸는 나무들
아서라
앞섰다고 선명하지 않으리
뒤라 해서 배경만은 아니리
땅을 떨쳐내고 날개 펼치리
새들은
나무의 큰 뜻 전하려
바쁘게 하늘을 난다

나무처럼

●

내 마음에
뿌리를 내려서
뽑아내려면
내 심장도 뽑혀서
당신을
뽑을 수가 없습니다

우화등선

●

어우렁더우렁 살다가
익숙하고 익숙한 것들이
낯설기 시작할 때가
내게 돌아가는 시간이다
기어서 가다가
몸 굴려 가다가
내내 정들었던 가까운 것들에
아쉬움 남지 않도록
눈을 가렸다
뉘 못지않게 곱다라니
순결한 몸
내장을 내어
비단으로 길을 낸다
백옥 같은 피부
기다란 몸뚱이
접고 또 접어서
내 안으로 들어간다
구질구질한 세상
출구조차 닫는다
날 선 세상
둥글고 하얗게 마감한다

죽어야 살기에
죽어야 날개를 갖기에
고통 속으로
환생 속으로

소도

●

천 길 낭떠러지에
작심한 듯 서 있는 여인

붉은 빛깔 작당하여
고요히 단장했더니
집채만 한 한파 앞세워
삭풍의 난봉질에
고운 빛 저리 운다

푸르른 역사를 지나
기어이 피 끓는 순간
안아주던 님의 숨결 잊지 못해
치떨며 내놓는 정념이여

담쟁이넝쿨처럼 벽 타고 올라가
천리 밖 님 그림자 볼 수만 있다 하여도
그리움으로 연명해
세월 묻을지라도

죽지 못해
찢긴 가슴에 숨을지라도

숨죽여 있어라

죽음처럼 사랑한 죄
아무도 묻지 않으리
잎새 좇아
사그라들지 말거라

여인이여 들어오라
땅덩어리 굳기 전에
이 가슴에
솟대 세워놓으리

우리가 할 수 있는 한 가지

●

네가 우는지
내가 우는지
사는 것처럼 사는지
죽는 것처럼 사는지

죽음보다 더한
죽지 못해 살더라도
나 갈 곳조차
모르고
네가 있어
내가 사느니

네가 우는지
내가 우는지
그 울음 멈추게 못할지라도
내가 너의 울음
네가 나의 울음
닦아줄 수 있으니

자화상

●

침엽은 오래도록
푸르른 이후를
계획하지 못했다
더욱 단단해지려
말고 말았더니
날카로워졌다
어린 물방울도
쉬이 저버리고
잠시 흔들릴 뿐
같이할 수 없는 속성으로
버티는 재주가 버림이라
바람도 비껴가고
따사로운 햇살도
벼리어져 있었다

진눈깨비

●

구름이 길을 열자
아름다운 모습 온전히 보이려
독일병정처럼 일사분란하게
사투를 벌이듯 흩날리며 내린다
떼쟁이는
앞선 눈의 어깨를 짚고
무등을 타고 오는가 하면
성질 급한 이는
땅에 닿자마자 녹아버리고
더 급한 이는
내리며 녹아버리고
곤두박질치다가
솟구쳐서 흩어져버리고 마는
허무한 눈도 있으니
하나같이 눈물 머금고 있다
풍요롭고 따스한 온기를 주는
어느 한 많은 정인의 품으로
아찔한 몸부림으로 내리다가
눈물에 날개마저 적시니
옅은 바람에도 갈 길 몰라
풀쩍풀쩍 서럽게 내리는가

고고하게 기다리기엔
더이상 정조를 지켜내기엔
겨울 찬바람엔 여력이 없어
투신을 했을까
하얀 군무가 끝날 즈음
하염없이 녹아내린다
하얗게 화장한 예쁜 몸이
소리없이 녹아내린다
소복한 그리움도 미련이라
눈물자국만 질펀하다

개 밥바라기

●

먹포도 같은 눈으로
하늘 한번 보고
오지 않는 님이 서운해
주둥이 한껏 벌려 목놓는다
주름지고 찌그러진 양은 밥그릇에
얼어붙은 밥알 욕될까
침 묻혀서 윤이 나게 닦아낸다
양은보다 단단한 정성으로
긴 혀 빼돌려 별을 닦는다
수도하는 고행승아 물렀거라
일생이 밥인 까막눈의
비장하고 비장함을 알겠느뇨
반짝임 하나에 목숨 걸고
배고픈 내역 버티는 슬픈 동물
별이여 어서 뜨거라

버림

●

바람이 단속적으로 가슴을 후볐다
밤이 지나지만 아침이 오지 않는 것처럼
후빈 바람은 지나치지 않고
가슴 여기저기에 달라붙어 시간을 죽이라고 한다
시간이 지나면 자연스레 변하는 것들과
시간이 지나도 변하지 않는 것들의 사이에서
시간은 자신을 죽여
존재의 부재라는 원칙을 강요한다
고요함 속에 바람이 고요하듯
사유 속에 시간이 침잠하듯
시간과 바람을 이겨내
일체유심조를 한 방에 찍어버리자
혀가 움직임의 기능을 상실하고
토막 난 말들이 바닥으로 널부러진다
시간을 거역하고 바람을 거스르고 언어를 거부하자
세상이 조용해졌다
버림은 버리는 것이 아니라
버림은 침묵이라고
버리는 것조차 버리라고
내 친구가 말했다

가버린 친구에게

●

아침이면
새들이 지저귀고
거기도 저녁이면
황혼이 아름답게 서녘을 물들이는지
밤이 되면
친구를 좋아하는 너는 술을 먹는지

작년에도 가을 다음에 겨울이 왔다
들녘엔
아직 담지 못한 추억이 가득한데
겨울을 닮았지만
가을을 담은 마른 바람이
멀리 떠나기 싫은 사람처럼
할 일 없는 사람이 바쁜 척하듯 쓸쓸히
겨울색으로 갈아입는 것 같아
하루 종일 둔탁하게
때론 조금 깊게 아프더니 몸살이 왔다

겨울을 풀어놓는 저 바람에
나는 망연히 가을을 놓지도 못하고
어디로 사라지지도 못하고

무얼 어쩌지도 못하고
네가 보았던 가을의 빛깔은 진심이었다고
너를 보낸 가을이 주저앉아 울고 있다

더 아파야 멀리 울리는 종소리처럼
잘 튀겨진 낙엽들은
관심을 끌려고 발버둥치는 애들처럼
타다닥 탁탁 잘도 튀어올라 사방으로 흩어지며
바람이 살다간 흔적을 알리고 있다

너를 보낸 가슴에 구멍이 뚫려
너의 존재를 깨닫는다
세찬 바람이 들어온다

그 구멍으로는 햇살이 들어올 수 없을까

햇살에 살을 부비고 싶다
햇살 배인 피부로 햇살 닮은 너를 안고 싶다

온통 시간이 아리다

익숙하지 않았으면 아프지도 않았을
너에게 주었던 사랑은 이제
면면이 닳아버린
익숙하지 않은 아픈 화석이 되어버렸다

이렇게 보고 싶은데 너는
작은 사진 속에서만 웃고 있구나
비바람이 휘몰아친 거친 들녘에
커다란 화석이 들어올려지고
바람이 혀로 핥고 간 듯 싸리비로 쓸린 듯
음각된 글이 돋아난다

"보고 싶다"
그 글 위를 더듬거린다
조금씩 네가 만져졌다

너의 뜨거웠던 가슴과
한줌의 가루는 진정 하나일까

너의 실재는 자그마한 사각의 틀에 있으나
질량을 비운 너는 자유롭게

저 구름과 그 너머 하늘을 날겠지

너를 보내던 날 눈이 왔다
눈이 오면 너인 양 붙잡고
술 한 잔 해야겠다

눈물 하나 내 눈 속에 매어두었다가
네가 보고 싶으면
눈에서 꺼내 술 한 잔 하면 되겠구나

겨울비와 친구

●

그림자마저 굽은 자네의 옆에
삐걱이는 의자 하나 놓을 수 있다면
이 비 그치기 전에 달려가리
객지의 원망 서린 넋두리
허름한 미닫이문 밖의
시린 빗소리에 묻어두고
맑은 소주 꾸역꾸역 따르겠네
발라먹은 족발 뼈다귀 같은
허트름한 소리에도
화내지 않겠네
삐딱하고 엿 같은 소리도
빗소리에 나 몰라라 하겠네
뜨거워서 죄가 된
오래된 눈물 터져나오면
기별없이 지나가는 세월은 돌아서
겨울은 봄을 준비하는 계절이라고
눈물 다음에 웃음이 온다고
말도 못하고 잠시 시선 피해주리라
집에 돌아갈 만큼의 취기가 남을 때
서럽고 시린 자네의 목덜미 끌어안고
아무 말 없이

이 빗소리에 너의 심장소리 놓아두고
나 돌아설 수 있을까
흐느적이는 가로등 불빛을 지나는
너의 야윈 어깨 적시지 말라고
쥐어준 낡은 우산이 못 미더워서
아무래도 한 잔 더 해야 될 것이네
가능동 족발골목에 나 있을 테니
이 비 그치기 전에 오게나
이 비 견디며 나 기다리겠네

눈

●

눈처럼 부드러운 너를
내 눈 속에 묻었다
눈이 오지는 않지만
내 눈에는 눈물이 난다
너는 내 눈 속에 녹아
눈에서
눈물로
흘러내리는구나
눈이 물에 녹듯
네가 너를 녹이고
네가 나를 녹이고
눈물이 되었구나
네가 보고 싶으면
울면 되겠구나
너는 나를 적시고 적셔서
온 세상이
하얗게 눈이 오겠구나

빈 배

●

실수가 많아서
텅 빈 친구여

빈 배인 듯하지만
강물 밑의
소란스런 이야기
강산의 풍파가
저리도 차 있으니

자네의 가득함을
빈 배는 알겠구려

Part 006

나 오늘　　　　　　6

길을 잃어도

괜찮을 것 같다

소소한 일상이라

커피향

가을의 아침이어라

가을아침

●

경건한 가을밤은
부지런히 공기를 닦아
신선한 아침을 준비해놓았다
수락산을 넘어온 아침햇살은
예절바르게
베란다에 얇은 창호지처럼 널려 있다
손을 대면
하얗게 묻어날 거 같은 예쁜 햇살
내게
잘라서 줄이고
붙여서 늘일 수 있는
시간이 있다면
어찌 이 가을날이 아닐까
선물 같은 가을햇살에
커피 한 잔으로 시작하는
소소한 일상이라
커피향 뒤쪽에 따라온
쉼표 같은
가을의 아침이어라

가을하늘

●

앓던 마음도
공갈처럼 나아질
파란 하늘
뒤집어 안감 확인하고
같은 이불로 바꾸면
하늘냄새 풀풀 내며
잘 수 있으려나

가을저녁

●

낮은 허공으로
바람이 불어온다
메마른 하루의 끝에
선물처럼 다가오는
너의 꽃 같은 기억과
은밀하게 함정을 마련한
거미줄 위의 이슬과
부산스럽게 저녁을 준비하는
새들의 날갯짓
더운 입김 같은 저녁놀을 몰고온
가을바람
한데 그러모아
살포시 두 손으로 쥐면
차르르 마술처럼 사라질
연한 바람이어라
까무룩 어둠이 드리우기 전에
천천히 걸어오는
밤이 도착하기 전에
어둑어둑해지는
이 멋진 가을저녁을
가을바람하고 같이

사람냄새 물씬 나는
친구 만나러
마실이나 가야겠다

시 월

●

정작 해야 할 말
눈물 속에 감추더라도
당신이 그리워져
울지 않게 하소서
뜨거운 눈물 마르고 달여
그 진액으로 詩를 적어
시월엔
당신의 몸에
글을 입히고
다듬고
매만져
깊어가는 가을을
노래하게 하소서

갈대의 순정

●

갈빛이었다
바람으로 머리를 감고
은빛이었다
햇살에 머리를 말린다
보는 대로
담아지지 않는 것은
묻어둔 말이 있기 때문이다
야윈 등으로 받치고
흔들리지만 반짝이며
내게 말을 한다
흘린 눈물 떨어져 들킬까
가슴에 못으로 박힐까
긴 머리 풀어헤쳐
울지도 못하며
들래들래 사각사각
여심이 나에게 말을 한다
하얗게 부서지더라도
출렁이게 사랑했다

편지

●

잘 있는지요
지금 어느 시간쯤에 서 있는지요

당신에게서 붉어진 마음
이 순간을 위해 태어난 숙명처럼
사라락 사라락 낙엽으로 질 때마다
자꾸만 부풀어올라오는 기억들이
마술처럼 그리움으로 솟아오릅니다

그 그리움 너무 커서 옆에 놓지 못하고
당신 없는 천 년 같은 세월
아롱진 눈물 모두어
파란 물감 몇 방울 풀어
하늘에 올려놓았습니다

행여 기다림에 지칠세라
내 영혼 달래려 하늘로 와 있을까봐
당신인 양 봅니다

애드벌룬 타고 하늘에 오르면
거기에 푸르디푸른

당신의 바다가 있어 저리도 파란가요

손가락을 하늘에 찍어

그림을 그리면 당신의 얼굴이겠지요

글을 쓰면 당신의 이름이겠지요

입에 넣고 빨면
나 당신에 물드는 것이겠지요

날아오를 듯 가뿐히
꺼지듯 부드럽게
저 하늘에 안기고 싶다면
너무 뻔뻔한가요

나 당신에 묻혀서
당신 내음에 취하여
바다만큼 깊숙이
하늘에 놓이고 싶은데
그래도 괜찮은가요

붉은 마음 파란 우표 붙여 보내면
하늘만큼 그리운 내 마음
당신에 닿을까요

발꿈치 곧추고 목 길게 늘여
답장 기다리다 안 오면
저 예쁜 하늘 당신 마음이라
생각해도 되는지요

소국의 잠자리

●

빛이 소국 주위에
머무르다 뒷걸음치자
잠자리 한 마리가
미약한 날개를 펼치며
하얀 꽃잎 위에
가지런히 앉았다
소국이 잠자리를 펴니
잠자리는 서둘러 미동도 없이
지체 높은 잠자리를
마련한 모양이다
가을밤의 고요는
귀뚜라미 자장가만을
소국의 잠자리 위에 수놓았다

코스모스

●

청아한
구름자리 아래에
찬 기운이 그리움이
깊어질 즈음
군더더기 살점 바르고
긴 다리 뼈로만 추켜올려
님 향한
고고한 팔자 일으켜 세웠다
참아내지 못하는
그리움에
절레절레 온몸 흔들려도
흐트러지지 않는
가녀림이여
깊은 바람에도
향 헤프지 않는
고결한 운명이여
바람보다 늦게 걸으며
조심스레 손으로 스치우면
가을의 저녁은 깊어간다

눈사람

●

하늘은
하늘같은 당신을 지우라고
눈을 내려 하늘을 지우며
앞서거니 뒤서거니 내리지만
나는
눈 속에서 당신을 그립니다
인동의 땅 위에
눈은 내 발을 적시고
눈은 내 몸을 적셔놓더니
어이해
내 가슴을 눈물로 적시나요
다리가 땅에 묻혀
당신이 가신 그 길을
먼발치에서 애써 웃음 지으며
당신인 양
온몸으로 눈을 맞고 있습니다

가을의 본질

●

거울의 존재는
거울 자체가 아니라
거울 속의
나를 봄으로써
의미를 갖는다
가을의 본질은
내 옆자리에
고독을 허락하고
때론
내 안의 어둠을
끌어안아서
들여다보는 것이다

단풍

●

인생은 반드시
좌절을 해봐야
뜨거움을 삼킬 수 있으니

삼켜야 할
모든 말들이
오죽이나 붉고 뜨거웠으면

한 움큼 입김으로
밀려날 가을이
저리도 신열을 앓고 있느뇨

순댓국밥과 첫눈의 정의

●

배가 고픈 사람이
순댓국밥을 배불리 먹듯
가슴에 소복이 쌓여야
첫눈이라 말할 수 있다
눈물겹게 그리운 첫사랑을
순댓국집에서 우연히 만나듯
가슴 콩닥콩닥 뛰게
느닷없이 내려야 한다
순댓국밥에 큼직한 깍두기김치
아삭아삭 씹듯
차가운 고독 따위는 잊게
내 몸 빈 구멍마다
온통 하얗게 메워주는 듯
와야지 첫눈이다
따순밥을 순댓국에 말아
두툼한 머릿고기 얹어
목구멍 가득 밀어넣을 때
피곤한 육체에 전원교향곡 울리듯
함박눈이 와야 제격이다
순댓국밥이 배를 채우고
소주를 불러 빈 가슴을 채우듯

눈을 하얗게 채우고
그리움을 불러 빈 가슴을
설레임으로 가득 채워야
첫 눈 이 다

나목과 빛

●

겨울강 건너는 나목은
온 낮 동안
내리쬐는 빛 아니어도
속 타지 않으리
저녁나절
구름 사이
사선으로 내리비추는
연하여 얼른 받아내는
고운 빛으로 좋으리

하마 너무 멀지 않은
여리게 다가올
새 생명 열릴 때까지
피폐해질 대로 피폐해져도
지난한 겨우내
나이테에 묻어두고
달달한 열매 몇 개의
어미의 젖으로
내부로 들어가리

힘들어 말아라

풍성하지 말아라
구비구비 번뇌도 말고
서리서리 사연도 말아라
한줄기 빛으로
한 모금 생명을 키워내는
등 굽고 메마른 가지여
따스한 봄날에
자랑으로 있어라

보름달

●

중력을 거부한
하늘에 있는
달이

중력에 짓눌린
사람의 소망이
올라

가득 찰 때까지
몸을 부풀려
둥그렇다

겨울은 직설적이다

●

정신이 번쩍 든다
빛나서 똑바로 보기도 힘든
쨍한 하늘이 웃고 있다

어린 날 머리감고 수건으로 비비면
서걱대던 고드름처럼 알싸하다
물 댄 논에서 타던 칼질 잘된 스케이트날 같다
아버지에게 꾸지람 들으며
그렁그렁 흘리던 눈물처럼 솔직하다
볕 좋은 담벼락에서 곰방대 물며
한 해 농사 걱정하는 노인네처럼 자못 진지하다

낮달이 하늘에 있어도
해를 대신할 수 없지만
추억이 서너 말은 쏟아지는
지나간 시간들은
지나간 시간들에게서 보상받았다

동동 발 구르고 들어온 안방에서
엄마의 시린 발 잡아주는
따뜻한 손을 이겨내지 못한 차가움이다

눈 편지

•

보내신 편지 잘 받았습니다

당신이 바삐 떠나던
그 겨울의 눈을 보듯
내리는 눈을 보다가

밤새 눈과 함께 보낸
알 듯 모를 듯한 편지
암호 같기도 한 메시지
혹시 모를까봐
낮에도 오락가락 눈을 뿌렸군요

하얗게 보내신 편지봉투에
당신의 작은 발자국 같은
예쁜 우표를 보고는
당신인 줄 알았습니다

눈처럼 내려앉은 글은
나무의 팔을 들어
회색의 하늘에
그리움이라 써내려가는데

참지 못하고 나무 밑으로
뚝뚝 흐르는 눈 같은 눈물을
나는 보고 말았습니다

사랑하는 마음 들킬까
눈에 묻으려 눈과 같이 내리건만
단죄하지 못한 사무침
주체하지 못한 사랑을 어찌합니까

당신이 보낸 편지 속에
같이해서 행복했던 시절
다하지 못한 우리의 사연
붙들지 않고 놓아줄게요
사랑하는 맘 그리운 맘
하얗게 고웁게

봄햇살이
얼은 땅을 다독이고 있을 즈음
파릇한 새싹으로
당신에게 가는 편지
제 답장인 줄 아세요

당신과 가을의 사이

●

돌아올 약속 없이 떠난 당신과
돌아올 수 없는 당신과의 거리
당신을 가질 수 없는 나와
당신에게 해주지 못한 나의 사이에는
당신의 가을과
가을을 못 보내는 내가 있습니다
당신을 잡을 수 없는 나와
그런 나를 용서할 수 없는 나와의 거리
가을이 가고 다시 오는 가을과
가을과 함께 떠난 당신이
다시는 못 오는 가을 사이에는
당신의 가을과
계절보다 먼저
겨울을 맞는 내가 있습니다

겨울나무

●

뒤틀린 가지에서
햇빛을 잎에게 주려는
움직임을 보아라

곧추서고 휘돌다
기고 이고 지는
핏줄 같은 가지를

눈꽃

●

향은 지녀 무엇하리
후일을 기약할 씨앗도 품지 않으련다
부유하다 맺은 인연에
고요한 통정
오직 순결한 몸뚱이
그것이면 다다 싶다
태양의 자상함에
모든 꽃들 환호할 제
눈물 글썽이며 시절에 돌아앉는 꽃
애끓는 외사랑에 겨울도 지겹단다
털퍽털퍽 주저앉았지만
통곡도 없다
눅진한 마름질에
하얗게 녹아내리며
순정을 끝끝내 안고 있는 꽃
까르르 해맑게 달려오는
봄은 원망해 무엇하리
앙증맞은 파릇 새순에
시린 눈물 길어주리
온통 세상이
꽃망울 머금을 제

눈물망울 머금으며
서리서리 헤쳐지는 꽃이여

유혹

●

침묵을 강요하는
고지식한 나무와
시린 바람들이 머문 흔적을
지우지 않는 아침
그 메마르고 뚜렷한
겨울 향으로
나 오늘
길을 잃어도 괜찮을 것 같다

겨울산

●

난분분 난분분
보자기만큼 남아 있던
겨울의 눈들이
산으로 모여들었다
내려놓아야 보이는
살을 발라낸
유연하고 부드러운
하얀 나신을 그린다

남은 달력을 보며

●

우연이라도
네 모습 보이면
어찌하지 못할 내가 보여
떨리는 손으로
마지막 달력
들추어본다

서른 번도 넘는 그리움
빼곡히 박혀 있으나
그것으로는 부족하고 부족해서
한 번도 잊히지 않던 너를
잊기엔 부족해서
가슴만 쓸어내린다

나중 날에 찾아오리라던
좋은 시절
한 장 한 장
낙엽처럼 떨구어 나가고
너무 빨리 붉어져버린
영원히 붉을 수 없는
덜렁 야윈 잎새

마른바람에 거친 숨소리가
아직 한 장 남았다

기억을 거스르는
추억이라는 수고를 접을 수만 있다면
기억을 거슬러올라
너를 처음 만나기 전
나를 만날 수 있다면
한 장 남은 달력
쉬이 떼어내련만

어쩌나
나를 잊은 너를
내가 잊어야 할 너를
누구도 대신 못 할
그 빈자리에
가슴 저미는 긴 숨이
한 장 남아 있다

백복금 시낭송가
이원웅 연오름 논술학원대표
김재승 온라인종합경제신문 〈뉴스핌〉 온라인국장
이숙미 친구
한태희 법무사
장미연 산과산사이 커피로드대표
차재진 친구
고재은 세방기획대표
이광수 건설업
심재권 사회적협동조합 되돌림 기획재정본부장
장영돈 베히라인 음악학원대표
김인빈 (사)세계무예포럼부회장
윤홍규 기아자동차 호원대리점대표
황현호 문화발전소소장
이창섭 친구
유재석 (주)두울림대표
임수묵 유통업
조휘광 전자신문사 총무국장

찬우는

벗들이
전하는 글

詩
다

백복금 | 시닝송가

이따금씩 손끝으로 전해오는 그의 이야기에는 바람, 꽃, 비, 하늘, 바다, 사람 내음이 담뿍 배어 있었다. 바짝 몸을 당겨 읽고 있노라면 어느새 나에게서 그것들의 흔적이 묻어나기도 했다.

물의 꽃이 되어버린 아이들의 절규를 아프게 아프게 토해내던 날엔 내 눈에도 검푸른 바닷물이 고였고, 사랑에 애달파 그리움을 채워 술잔을 잡은 날엔 내 가슴에도 슬픔이 술처럼 차올랐다. 결코 짧지 않은 시간 동안 그는 참으로 진득하고 아름답게 많은 이야기들을 풀어놓았고, 덕분에 나는 염치없이 그의 착하고 예쁜 감성에 꿈꾸듯 빠져 지냈더랬다.

무미건조한 일상에 고요히 들어와 다정하나 날카로운 자극을 주던 그의 언어들이 드디어 세상에 모습을 드러낸다는 소식에 이토록 설렐 줄이야. 늦은 출발이지만 상처받고 외로운 영혼들에게 위로가 되어줄 거라 믿으며 아낌없는 응원과 축하의 박수를 보낸다.

이원웅 | 연오름 논술학원대표

이찬우 시인님의 시는 꽃망울이 기다리던 빗방울입니다. 메마른 들판에 고개 숙인 꽃망울이 우두둑 빗소리에 고개를 들듯 저의 마음도 하늘을 봅니다. 따뜻하고 시원합니다. 가끔 행복했을 때의 마음을 찾을 수 있게 하는 시여서 정말로 고마운 시입니다.

김재승 | 온라인종합경제신문 〈뉴스핌〉 온라인국장

목구멍에 울음이 차오른다. 가슴이 먹먹해져온다. 이찬우 시인, 나의 고등학교 친구, 그의 글을 처음 접했을 때 그랬다. 그의 시어들은 낮은 울음을 머금고 있다. 그렇다고 일상의 니힐을 노래하는 것은 아니다. 치열하게 살아온 삶의 회한이, 애틋함이 엿보인다. 그의 삶이, 시인의 시어들이 내 삶에 투영되는 것 같다. 지천명을 넘겨 살아온 이의 온기가 전해오는 것일까. 날을 세워 달려드는 삶에 대한 애틋함이 절절하다.

사랑, 그 치유되지 않는 아픔을 노래할 땐 차라리 눈물을 쏟고 싶다. 너무 멀리 떠나버린 친구를 그리워할 때는 참 많이도 아렸다. 눈을 감으면 꿈이, 그러나 꿈이 아닌 그의 시어들이 아른거린다. 빛바랜 흑백사진 속 추억을 하나둘 끄집어낸다. 아쉬움과 서글픔이 한줄기 비가 되어 내린다. 주변에 숨죽여 있던 산과 나무와 햇살과 바람에 생명이 입혀진다. 그의 울음 같은 한마디 한마디가 툭툭 더해지면서.

일상의 벌거벗은 감정들, 치열한 자기탐구라고 할까. 그런 사연들을 오롯이 전해준다. 그래서 좋다. 시인은 세상을 보는 게 결국은 자신의 마음가짐이라는 것을 슬그머니 던져준다. 애잔하면서도 담담한 듯. 시인의 친구로서 참 행복하다. 소주잔 기울일 때마다 감겨오는 그의 시어들이 참 소중하다. 더 많은 그만의 언어를 접하고 싶다.

중랑천에 떨어지는 함박눈을 따뜻한 수제비로 만들어 뭇사람들에게 부챗살처럼 퍼지는 수제비 같이 따뜻하게 살라고 먹이고 싶어하는 시인의 사랑을……

이숙미 | 친구

가슴을 에일 듯 써내려간 시인님의 시를 읽노라면
이른 새벽 풀꽃에 맺힌 이슬을 보는 것 같은 청량함이
청량하다 못해 눈물 되어 금세 떨어질 것 같은 슬픔이
차마 공기로 승화되어 어딘가에 떠 있을
그리움이 곳곳에 묻어 있습니다.
삶에 쫓겨 허둥대다 잠시 머물다 갈 수 있는
쉼표를 준 친구에게 고맙고
쉼표가 결실을 이룬다 하니 마음이 먼저 달려가 축하를 하네.

한태희 | 법무사

좋구려. 아주 좋구려. 냄새가 나서 좋구려. 사람냄새가 나서
좋네 그려.

　삶에 힘들고 지쳐 삭막해져가는 요즈음 찬우 시인의 시를
접하게 되면 젊은 날의 아련한 추억과 함께 사람냄새를 느낄
수 있어 피곤한 심신이 힐링되고 있음을 느낍니다.

　어린 날의 꿈 많고 순수하던 마음을 잃어버린 채 삶에 쫓기
며 세속에 물들어버린 내게 성찰할 기회를 주는 찬우 시인의
시 덕분에 그나마 메마른 삶에 단비가 내리는 양 제 마음도
촉촉해집니다.

　그동안 단편적으로만 읽던 시들을 모아모아 단번에 접할
수 있게 되어 기쁘기 그지없음을 자축(?)하며 언제나 벗으로
있고 싶은 태희가 보냅니다.

그대를 내게 보냈을 / 누군가의 시선을 / 이제야 내가 술잔
에 담네// 외로운 빈 술잔에 / 술을 따르려니 / 눈물이 덩그
러니 나를 비추네// 술잔은 기우는데 / 비는 내리고 / 비인
양 술이 가득하네   –〈비와 술〉 전문

나는 시인 이찬우라 부르지 않는다. 찬우야~ 라고 부른다.
우린 친구다. 오랜(?)이란 단어는 시간개념이 아닌 쏘울(?)의
개념으로 받아들여져야 하는 우린 그런 친구다. 부러워 죽을
거다. 이런 친구가 내 친구인 것이…….

　찬우와 미연이의 일상대화는 그냥 시다. 그의 시 〈비와 술〉
을 마음으로 읽고 미연이는 그림을 남겼다. 찬우는 그 그림을
마음으로 보고는

　"사랑에 빠질 때의 황홀함보다 헤어질 때의 감정이 강하기
때문에 사랑은 달콤함보다는 쓴맛이라고 해야 해. 그래서 님
과 함께 했던 시간만을 사랑이라고 할 수는 없어. 만남과 이
별을 기억하는 마음도……"이라고 미연에게 시처럼 답했다.

　나 또한 그 말에 탄력 받아 한마디 툭.

　"사랑에 빠졌을 때 황홀했니? 황홀의 감정이 사랑의 극치
라 생각하는 그 허상에서 쓴맛은 시작한다. 달콤쌉쌀 모두가
사랑인 것을……. 미연이는 달콤쌉쌀한 커피 진하게 한 잔 한
다, 찬우야……."

　찬우는 시다. 시로 인해 시에 빠져사는 그런 아이다.

차재진 | 친구

내가 처음 이 친구의 시를 읽은 것은 모교 밴드에서였다. 대학진학이라는 큰 산 앞에 놓여 있던 우리는 한 번도 같은 반이 된 적 없어 누구인지를 기억해내지 못했다. 다만, 시린 가슴 위로해주는 조근조근한 시어가 고교시절 국어교과서에 밑줄 긋듯이 내 머리에, 아니 가슴에 새겨지고 있었다.

때로는 첫사랑의 아린 추억을 되살려주고 비오는 날 소주 한 잔이 더 그리워지게 한, 50년 세월의 흔적을 느끼게 한 그런 노래였다.

SNS가 그러하듯이 가끔 오타가 있고 어색한 문장도 있어 더 정겨웠다면 조금 억지스러울지 몰라도 구멍 난 청바지의 옛 친구를 떠올리듯 그런 친구와 대화를 나누듯 그렇게 읽게 되는 시들이었다.

30년 만에 찾아간 동창회에선 옛날 국어선생님과 함께 처용가를 읊조리며 원래 알던 친구처럼 느끼게 한 그런 시인의 글들이었다.

한때 난해시가 유행하던 시절이 있었다. 깊은 밤 혼자 썼다가 다음 날 보면 무슨 말을 한 건지 본인도 모를 정도로 어려운 시……. 여기엔 그런 시가 없다. 곰살맞거나 슴슴하거나 평소엔 쓰지 않는 모르는 단어가 나올지라도 앞뒤 문장으로 보아 무슨 말을 하려는지 알아들을 수 있는 그런 시들이다.

우리가 늘 보던 빗방울을 주워서 주렴을 만든다는 예쁜 상상과 치열했던 몸피를 거두고 침묵의 심연으로 들어간다는 철학적인 관찰을 모두 아우른다.

하얗게 분칠하고 님 기다리다 / 세월은 흘러 허리가 굽어져도
들녘에 쪼그려 앉아 할미가 되어 / 하고픈 말 땅에다 묻네

-〈할미꽃〉 중

이렇게 할미꽃을 잘 표현한 시를 아직 보지 못했다. 곁에
두고 심심할 때, 외롭고 쓸쓸할 때, 기쁠 때 나를 위로해주고
같이 기뻐해줄 수 있는 한 권의 시집으로 이 책을 남긴다.

고재은 | 세방기획대표

느낌을 함축된 시구로 표현한다는 것은 참으로 어려운 일이
다. 작가의 그 고통스런 과정의 길이와 깊이가 더해질 때, 오
히려 알알이 맺힌 청포도를 따먹듯 독자의 입은 더욱 싱그럽
고 가슴은 풍요로워질 것이다.

이찬우 작가의 시는 우리 생활주변의 소소한 일상을 소재
로 삼고 있다. 그의 서정적인 시구들은 마치 우리 내면을 들
여다보게 하는 통로와 같다. 가벼운 듯 평이해 보이면서도,
어떤 구절은 그 속에 담긴 의미를 되새기며 읽어가노라면 그
깊이와 넓이는 측량하기 어려울 만큼 무겁기도 하다. 어쨌거
나 독자들의 내면이 청량감으로 더욱 풍성해질 그의 시를 또
기대한다는 것은 기쁨이다.

이광수 | 건설업

그의 시를 읽다보면 마음속 한구석에 담겨져 있던 내 생각을 들킨 것 같아 깜짝 놀란다. 나의 일상의 느낌과 감정들, 다른 사람과 공감하고 싶은 것들을 어휘부족으로 가슴속에만 간직하고 있었는데, 절제된 단어와 시구로 그런 생각들을 잘 표현해준 것 같아 깊은 공감을 느낀다. 유행가 가사도 자신의 처지와 감성을 표현해주는 가사가 마음에 와닿듯…….

동시대 같은 공간에 같은 세대로 살아서일 수도 있지만 일상의 일들과 사물을 보는 생각과 감정, 느낌이 같아서가 아닐까. 잠재되어 있는 나의 감성을 끄집어 표현해주는 후배시인의 좋은 시, 앞으로도 많이 접할 수 있기를 바라면서…….

심재권 | 사회적협동조합 되돌림 기획재정본부장

초등학교 찬우, 중학교 찬우.
찬우의 시와 글은 어떠했을까? 새삼 궁금해지네.
어렵기도 하고 쉽기도 하고
이해하기도 하고 짜증나기도 하고
오늘 보면 다르고 내일 보면 또 다르고
보는 이의 글인지 글쓴이만의 글인지
한번은 자네 글을 누군가에게 보여준 적이 있는데
내공과 습작이 단단하다고
뭔 말인지, 근데 기분은 좋더라.
난 아직도 자네 글 공부 중이라네.

장영돈 | 베히라인 음악학원대표

'비의 시인' 이찬우님을 만났다.

초여름 실록이 눈부신 정오의 햇살 아래…….

소년 같은 외모에 따뜻한 음성은 내가 알고 있던 비를 사랑하는 그의 이미지를 그대로 닮았다.

그의 명징한 마음은 활이 되고, 빗줄기는 현이 되어 연주하는 서정성 짙은 시가 나를 편안과 불안을 교차하게 만들었다. 사색 없는 감정과 지식이 얼마나 헛된 글씨 나부랭이인지를 그의 담담한 시를 통해 나는 절박하게 감동한다.

> 당신이 없어서
> 공기는 희박하고
> 팽팽하게 직선을 그으며
> 비가 옵니다

-〈비가 오면〉 중

사랑의 부재로 숨을 쉴 수 없는 시인의 순정……. 그것이 눈물 섞인 비가 되어 직선을 그리며 도착하는 미지의 고통……. 그것을 명치끝이 아리도록 사랑하렵니다. 뜨거운 핏빛 사랑부터 통점을 할퀴는 잿빛 사랑까지 시인은 무소불위의 사랑, 그 자체입니다.

김인빈 | (사)세계무예포럼부회장

'속살'을 드러내는 순간 봉오리의 신비는 사라진다.

다만 터져나오는 향기는 온 천지를 적신다!

겨울나무의 앙상한 가지가 몸을 비트는 것은 봄을 품은 겨울의 사랑이랄까? 피어날 파란 잎에 나뭇가지가 빛을 선물하는 배려의 몸동작이라고 친구는 말한다. 긴 겨울 자신을 억눌러가면서 시련을 넘기며 얻은 보화를 살며시 세월 앞에 내려놓고 가겠지만 말이다. 내 친구는 이미 소유와 무소유의 혼돈을 넘어선 모양이다.

비오는 밤에 바람에라도 실어 보내온 애절한 사랑편지를 읽노라면 어느새 내 마음은 창가에 앉아 친구의 시에 기대어 외로움을 달래고 있다. 외롭지만 외로움을 감추고 사는 사람들에게 한 잔 술을 따라주며 위로하는 시인은 내 친구다. 비와 외로움, 빈 술잔, 그리고 빈 술잔을 가득 채우는 것은 눈물일까, 사랑일까, 외로움일까, 바람일까.

"이미 용서했더라도 용서를 바라네"라고 용서임을 말하는 친구에게 나는 감히 물어보고 싶다. 그토록 사랑했던, 그토록 애타게 찾고 싶었던 그것이 어디 있는지…….

친구는 그것이 우리들 옆에 있단다. 그런데 그게 다가 아니란다.

나를 찾아가는 길은 / 고통을 참아왔던 지난날들의 고백을 / 또 만드는 일인 것을 / 또 가슴을 쓸어내리는 일인 것을

-〈내게로 가는 길〉 중

사랑하기에 자꾸 용서하지만 오랫동안 아팠다고. 그래도 사랑하고 용서하고 아프기를 반복하는 것이라고…… 이런 운명을 아는 내 친구 찬우를 안아주고 싶다.

윤홍규 | 기아자동차 호원대리점대표

연인의 손 편지
차곡차곡
한켠에 쌓아놨는데
바람이 났는지
도둑이 들었는지
내가 싫어진 건지
허망히 도망갔네
집 나갔던 연서가
예쁘게 단장하고
새집을 짓는다 하니
허망한 내 마음
되돌아오는 듯
한참을 설레었네
나가면 고생이다
더이상 집 나가지 말아라

−찬우가 전화 주던 밤 빨간 소주 한 병 먹고

황현호 | 문화발전소소장

만남치고 우연 아닌 것이 어디 있을까마는, 나는 이찬우 시인의 시를 밴드에서 먼저 만났다. 그의 시는 내가 자주 드나드는 밴드 한두 곳에 가끔 '출몰'했다. 나는 어떤 시는 주의 깊게 어떤 시는 건성으로 읽은 듯하다.

그러구러 작년 어느 날, 사진강연회 때 그를 만났고 그가 시인임을 알았다. 시에서 느낀 여린 감성이 시인의 모습과 닮았다. 말은 부드러웠고 사물을 보는 눈이 종요로웠다.

50살이라는 생의 한 매듭을 시집으로 부끄럽게 엮어내는 그는 일명 '재야시인'이다. 여러 시단의 '부름'을 뿌리치고 그는 누가 뭐래도 자신의 세계를 구축한다. 시간이 쌓이자 그의 시 창고에는 많은 시가 쌓여갔다. 그럴수록 그는 고독했다. 햇볕에 드러나지 않고 표백된 시들을 여름햇볕에 말려 이웃들과 나누는 일을 한다. 드디어 시집을 낸다.

시집에는 삶의 생채기 때 길어올린 시가 입고됐고 시간의 지혜에서 길어올린 시를 탑재한다. 누군들 힘든 시기가 없겠냐마는, 그는 문단의 등용문에서 뿜어내는 악취에 진저리 쳤고 그로 인해 오랫동안 코를 막았다. 사람이 사회와 관계 맺음은 그가 하는 일을 인정받는 것과 다름 아니다. 일명 인정투쟁이라고 한다. 오랫동안 시를 써온 이찬우 시인이라고 왜 안 그랬겠는가. 다행히 그의 시는 시간에 발효된 순도 높은 시들이 적지 않다는 것이다.

이제 30년 된 빈티지 시들을 세상에 출고한다. 시가 세상에 나가 독자와 교감할 때, 독자는 각자 자신의 삶만큼 해석한다. 좋은 시는 그 반응이 다양하다. 우리는 시인의 삶에서 좋은 시들을 즐길 수 있어 뿌듯하다.

시인의 수줍은 첫걸음을 미소로 지켜본다. 그리고 내가 좋아하는 그의 시 '목련'을 다시 읽는다.

이창섭 | 친구

카페가 하나 있다. 오래되었는데 아는 사람이 많지 않은 작은 곳이다. 그곳에는 별도 배달을 해주고 눈으로 수제비도 만들어주고 꽃향기를 맡으면 〈꼬마자동차 붕붕〉처럼 힘을 내는 손수레도 있다.

휴식을 줄 수 있는 조그만 의자에 하나씩 앉아보고 마음에 안 들면 다른 의자에 앉아서 커피를 마시며 바다와 숲과 들을 창을 통해서 볼 수 있고, 고독의 위치나 첫눈의 정의처럼 한심한 것들에 대해 얘기도 해보고, 짝사랑과 순수의 관계라든지 떠나간 사랑 때문에 울고 있는 어떤 사람에 대한 고찰 등등을 할 수 있는 곳이다. 그 카페가 이번에 내부수리를 하고 광고를 해서 손님을 받는다는데 사뭇 기대가 된다. 그 주인장의 별명을 내가 가끔 불러주면 빙긋 웃던 모습이 선하다.

찬우(칭찬하는 비) 이름 때문에 붙여진 '단비'는 가뭄 끝에 오듯, 때론 무겁기도 때론 가볍기도 때론 해학스럽기도 한 그의 시를 음미하며 많은 사람이 숲에서 풀벌레소리 듣듯 즐겼으면 좋겠다.

유재석 | (주)두울림대표

길을 걸어가는 자체가 시

그 인생을 글과 함께하는 찬우행님

메마른 도시를 채소밭으로 만들어

별을 보며 어두운 밤에 정성들여 물주는

소박한 옛 시인이 되어 초록밭을 만들어주삼

임수묵 | 유통업

가끔, 아님 하루에 한 편씩 진작에 시인이던 당신의 시가 LTE 속도로 스마트폰에 전달되면 퇴색되지 않은 그 고순도의 애절함과 아름다움, 갈망이 시신경을 타고 온몸으로 퍼집니다. 눈 깜짝할 사이에 심장을 물들이고는 어느덧 당신은 떠나고 나는 중독이 되어, 나는 당신이 되어 혼자 웃다가 분해서 주먹을 쥐다가 별을 보다가 외로워서 울고 있는 나를 봅니다.

　인생의 단맛 쓴맛 거의 다 본 지천명이라지만 당신의 시는 역발상의 애절함도 가지가지 주렁주렁 달려 있고, 때론 엄니 품처럼 칭얼대는 아이처럼 순간순간 감성을 자아내는 묘약이 들어 있습니다. 몸과 마음과 온갖 사물들의 모습과 냄새들을 글로 표현하고 승화시킨 당신의 시는 영혼이 살아 있어서 나도 뛰어들어 한판 함께 놀고 나면 마음이 후련해집니다. 정녕 진정한 시인의 모습을 가까이할 수 있다는 기쁨을 감추지 않겠습니다. 건승 건필하시길 바랍니다.

조휘광 | 전자신문사 총무국장

세상에 시인 아니었던 사람 어디 있으랴마는 이찬우는 원래 시인이었다. 마스크는 훨씬 이찬우가 낫지만…….

요즘 품절남 된 배우, 내가 좋아하는 이나영의 남편 원빈을 보면 찬우가 생각난다. 사슴 같은, 소 같은 찬우의 눈망울을 보면 내가 아는 많은 여성들 모성본능이 발동되어 어쩔 줄 몰라 하던 기억을 내가 아직도 잊지 않고 있기 때문이다. 그래서 이찬우는 원래 눈빛 하나로 이미 시인이었고 이제 시인이 됐다.

하지만 세상은 냉정한 법. 여태까지 시인대우였다면 이제 진짜 시인이 되었으니 여성동지들 가슴뿐만 아니라 세상 모든 오사리잡놈들 마음까지 흐물흐물 녹여주는 절창 한번 들려주었으면 하는 바람이다.

발행인의 변

이찬우 시인의 첫 시집 ≪내 상처만큼만 사랑했더라≫ 말미에 조심스럽게 일반독자의 서평을 실었다. 우선 이분들의 시만큼이나 아름답고 정확한 언어사용에 깜짝 놀랐다. 그야말로 이찬우 시집에 날개를 달아주는 빛나는 活語들의 행진. 이 모두 그네들 고단한 삶에 위로와 치유를 주는 이찬우 시가 있었기에 가능하지 않았을까.